MARINO
CURÉ DE CAMARGUE

René Lechon

MARINO
CURÉ DE CAMARGUE

récit

nouvelle cité

Couverture : portrait de Marino Giacometti.
Photo : Mario Ponta.
Composition : P. A. O. Nouvelle Cité.

© 1995, Nouvelle Cité, 37 avenue de la Marne, 92120 Montrouge.

ISBN 2-85313-275-7

AVANT-PROPOS

Il est curé de la Camargue. De toute la Camargue, sauf des Saintes-Maries-de-la-Mer. La Camargue, ce vivant triangle de terre et d'eau enserré entre le Grand et le Petit Rhône qui descend en s'élargissant vers la mer Méditerranée. Mais notre homme habite la Crau, à Entressen, précisément, dans les Bouches-du-Rhône. La Crau et ses cailloux, le seul désert de France, est un pays qui convient bien à Marino Giacometti, notre héros. Pour lui, c'est une sorte de base arrière, un petit Thabor en somme où se replier avant de repartir vers cette Camargue qui lui est confiée. C'est ici qu'il a commencé son ministère voilà quarante-cinq ans. C'est ici qu'il l'exerce à nouveau. Comme s'il avait dû partir pour ne pas s'attribuer les fruits d'un premier travail. Et revenir aujourd'hui pour y accomplir une œuvre dont il est en partie l'artisan.

L'histoire commence en 1925, dans un petit village italien, près de Bergame, à Brembate-Sopra exactement. Bergame, le pays d'un certain Jean XXIII, que nous allons croiser dans l'histoire de Marino. On revient aussi, dans ce récit, sur l'Église des lendemains de la guerre, marquée par le ritualisme. Puis arrive le Concile et une certaine idée de la communauté que Marino aimerait expérimenter avec ses frères prêtres. Entre-temps, s'est implanté en France le mouvement des Focolari : « Mais, qu'est-ce qui peut sortir de bon d'Italie ? » Juste un mot de ce groupe dont on parle à plusieurs reprises dans le livre : le mouvement des Focolari est un courant de vie chrétienne, essentiellement laïc, né en 1943 dans l'Église catholique et présent aujourd'hui dans de nombreux pays ; sa spiritualité est fondée sur l'appel évangélique à l'unité, dont l'amour est le chemin.

L'histoire de Marino coïncide encore avec celle d'une implication plus grande de l'homme dans la vie de la cité et un abandon de certaines formes de piété qui rassurent mais qui ne sont plus de saison. Il parle souvent d'unité. En lui-même, avec les autres et dans son Église. Celle-ci s'exprime déjà dans la beauté, y compris celle du presbytère. La beauté ou l'harmonie qui, dit-on, doit changer le monde. Dieu s'est fait homme et non pas curé, c'est le premier credo de Marino.

Ce livre n'est pas un précis de théologie… mais il en est bourré. Ce n'est pas un roman, mais les histoires vraies qui y sont rapportées sont plus extraordinaires que la dernière dépêche à sensation. Nous avons choisi de vous raconter des épisodes plus marquants de la vie du père Giacometti plutôt que de suivre un descriptif chronologique avec le risque de devenir ennuyeux. Les gens, ça compte pour Marino. Dans sa Camargue, on parle des santons. Vous vous souvenez ? Ce sont tous les personnages d'un village provençal. Le boulanger, le ramoneur, la bouchère, le bossu, le naïf ou le fanfaron. Ils sont en argile. Mais, les santons, dans la vie de Marino, ils existent tous : peut-être sait-il mieux que d'autres les faire venir à la vie, à la lumière…

Donnons, avant de commencer, quelques dates essentielles, cela aidera à la lecture. Marino Giacometti est né le 20 avril 1925. En 1995, il vient de fêter ses soixante-dix ans. Arrivé en France à l'âge de cinq ans, il est l'aîné des trois enfants d'une famille d'émigrés italiens où l'on n'est pas très riche. Leur richesse, c'est quelques valeurs essentielles :

l'amour de l'autre et de la nature, le respect de Dieu.

Ordonné prêtre en 1949, en la cathédrale d'Aix-en-Provence, on le trouve un peu jeune pour le lancer sur les routes du Seigneur : il n'a que vingt-quatre ans. Il arrive en Camargue un an après. Il y reste jusqu'en 1957. Sept ans, donc. Ensuite, un passage rapide à Salon-de-Provence et à Istres, puis il devient en 1960 curé « administrateur » d'Entressen et Miramas-le-Vieux. Il y reste sept ans et, en 1967, il part pour l'Algérie où il séjournera près de vingt ans. C'est dire que cette page, ou plutôt ce chapitre, va compter pour lui. Dès son retour, en 1986, il redevient curé de Camargue. Mais il habite Entressen, par commodité.

Dernière chose : notre héros n'est pas un saint. Cet homme plutôt grand, au port droit, laisse percer une étincelle dans ses yeux clairs quand il raconte, à voix basse ou, au contraire, quand il déclame, à l'aide des mains, comme dans le drame ou la comédie à l'italienne. Et puis, il a cette façon bien à lui de vous demander votre consentement en finissant ses phrases par un « non ? » interrogateur et chantant qui veut dire à la fois « n'est-ce pas ? » et « tu es d'accord ? ». Il a sa collection de défauts, ses emportements, ses outrances, ses idées parfois arrêtées. Ça tombe bien, il nous ressemble… Sa chance, à lui, c'est de s'en remettre à la miséricorde de l'Éternel, et surtout de ne pas « ruminer » sur ses propres limites. En somme, de croire, en toutes circonstances, à l'Amour.

LE LIÈVRE ET LA 2ᵉ D.B.

Quand la Provence prie, elle a besoin de signes concrets. Marino Giacometti le sait encore plus depuis qu'on l'a nommé curé de toute la Camargue. Voilà pourquoi il a renoué avec la tradition de la crèche vivante. Autour de l'autel, le soir de Noël, les paroissiens jouent les personnages de la Nativité. Et chacun se sent plus engagé à vivre le message de joie et de renouveau lié à la fête elle-même. Sur une table, au fond de l'église, on a préparé les treize desserts, spécialité régionale où l'on retrouve, entre autres, amandes et fruits confits. Ici, la foi a un goût, une odeur. Un visage. Pour Marino, ce n'est pas nouveau. Et ses parents eux-mêmes lui ont enseigné une foi ancrée dans la vie. Et dans les responsabilités précoces. C'est le cas surtout de Rina, la maman de Marino…

Rina est l'aînée d'une famille de douze enfants. Très tôt, elle est formée à être responsable de ses frères et sœurs. Avec son père, elle a construit une maison dans un village verdoyant de la Bergamasque, au bord d'une rivière de montagne qui serpente parmi les prés de la Valle Imagna. Une maison bâtie sur le roc au-dessus de l'eau : tout un symbole. Elle a beaucoup travaillé. Plus tard, Marino prendra très vite, lui aussi, des responsabilités. Il garde ses frères et sœurs et fait la cuisine. Dans la famille, on ne cache rien. Quand elle devient enceinte du petit frère, sa maman pose la main de Marino sur son ventre pour lui faire « aimer cette créature de Dieu ». Une relation d'amour qui s'établit dans la simplicité et la droiture. « Je n'ai de ce côté souffert d'aucun traumatisme, aime à dire Marino. Ce n'est pas le monde qui m'a appris les origines de la vie et de la sexualité : c'est une mère. » Il est influencé aussi par sa grand-mère. Dès l'âge de trois ans, il veut devenir un homme et n'hésite pas, pour relayer la « nona », à tourner le bâton dans le chaudron de la crémaillère pour remuer la polenta, un des plats nationaux avec les pâtes. La vie de foi s'inscrit assez naturellement dans les actes de la vie quotidienne. On arrête la préparation du repas pour réciter l'Angélus. Devant la cheminée, quand le feu siffle en se glissant dans les fibres de bois, la grand-mère alerte le petit : « Écoute, Marino, une âme du purgatoire nous appelle ! » Et alors, tous deux se mettent à réciter une prière pour elle. Pas de séparation donc entre la relation à Dieu et la relation à la vie. L'adolescent aspire déjà à sa vocation de prêtre sans rien oublier de cet aspect humain. Pas de complication inutile.

Tout ce qui est concret est acquis grâce à son grand-père. Celui-ci aime la chasse. Il part de bonne heure, alors qu'il fait nuit encore et le petit l'accompagne au « casotto », la hutte qui sert de poste d'observation. Marino porte les cages où sont enfermés les appelants : merles, pinsons ou grives. On accroche les cages autour des arbres qui entourent le poste d'observation. Les voilà au milieu de la forêt, enfermés dans la cabane trouée de hublots. Nono, le grand-père compte sur les yeux plus experts du petit-fils pour repérer le gibier. A voix basse, le petit l'avertit : « Regarde, Nono, là, un oiseau ! » Une fois la bête tuée, Marino court la ramasser. Il n'a pas cinq ans…

La femme du chasseur, sa grand-mère donc, est directrice d'école. Elle récite par cœur des chapitres entiers de la *Divine Comédie* de Dante Alighieri, ce poème philosophique et spirituel parmi les plus prisés en Italie. Elle les adapte à certaines situations rencontrées dans la vie de tous les jours. Par exemple, si elle croise des personnes qui s'adonnent à la débauche : « Ne raisonne pas sur ces gens-là, mais regarde et passe. » Les références du grand écrivain apprennent à Marino, qui écoute de toutes ses oreilles, un peu de la psychologie du monde. Les oncles et tantes, eux, sont musiciens. L'un joue de l'accordéon, l'autre du violon, le troisième du piano. La maman, elle, chante. Elle a une très belle voix dont va hériter Marino. Une sérénité joviale, voilà comment on pourrait qualifier l'ambiance dans laquelle grandit le petit Giacometti. La famille compte alors énormément : jugez plutôt, le grand-père chasseur est l'avant-dernier de dix-huit enfants !

La vie spirituelle va de pair avec la vie tout court... Marino qui aspire à la perfection n'est pourtant pas un saint. Il connaît ses moments de crise et sait manifester son espièglerie. En 1930, son père vient de partir pour la France à la recherche d'un travail, comme bon nombre de ses compatriotes de cette époque. A Ponte-Giurino, un petit hameau de montagne, sa femme est restée seule avec le petit Marino. Pour gagner sa vie, elle donne à domicile quelques leçons de couture à des jeunes filles. Au cours d'une séance, l'un des traits profonds de la personnalité du jeune garçon va se révéler… Une jeune couturière, pendant la leçon, allume une cigarette. Le petit la regarde, scandalisé : « Comment, je croyais que seuls les hommes fumaient ! » pense-t-il, en colère. Et, comme pour se venger, il vole le mégot mal écrasé dans le cendrier par l'apprentie et se réfugie sous la table pour fumer, à son tour. Il ne tarde pas à tousser et la maman le découvre sous sa cachette. La punition sera rude : il est enfermé au grenier. Mais alors, la colère de l'enfant redouble. Le sentiment d'une sanction pleine d'injustice grandit en lui. Il va s'en prendre à toutes les cages d'oiseau, rangées là-haut, qu'il écrase, une par une, contre la porte du grenier. Ces cages qui ont pour lui le goût de la liberté puisqu'il les porte avec son grand-père dans la forêt, il ne veut pas s'y laisser enfermer, en quelque sorte… Les crises de relation, il en aura d'autres. Marino, on l'a compris, a déjà ses colères et ses idées sur la vie. Il a aussi ses goûts, bien arrêtés : inutile, par exemple, de lui servir des carottes. Il prend un malin plaisir à laisser les légumes sur le bord de son assiette quand il en repère dans la soupe. Un soir où on lui en offre en plat principal, il boude et ne mange rien. Il va se coucher sans avaler la moindre bouchée et en rêvant déjà au bon café au lait sur lequel il pourra se rattraper le lendemain. En fait de café au lait, il retrouve au petit matin le plat de carottes sur la table et rien d'autre. La faim commence à le tenailler : il se risque à mastiquer du bout des lèvres un morceau du fameux légume. Il finit par le faire descendre dans l'estomac. Curieux : cela passe plutôt bien. Depuis ce jour, Marino s'est mis à aimer les carottes. Il est prêt à s'adapter à bien d'autres difficultés et pas uniquement d'ordre culinaire.

Dès 1930, donc, Charles Giacometti, père de Marino, est en France pour chercher du travail et fuir le fascisme. L'Italie vit alors des heures sombres. Et il veut échapper à la tutelle de son frère dans une entreprise de bâtiment où il est embauché. Sous le régime mussolinien de l'époque, en effet, tous les secteurs de production sont soumis aux impératifs du gouvernement. On n'embauche que des chefs fascistes. L'oncle Giacometti en est un. C'est la terrible collusion entre le travail et l'idéologie : Charles Giacometti ne veut pas s'y soumettre. Dès qu'il a trouvé un emploi, il fait venir en Provence toute la famille. Le copain électricien qui a procuré du travail héberge quelque temps toute la famille… Les années passent. Les Giacometti ont acquis un trois pièces dans un quartier rural de Saint-Rémy-de-Provence. En 1936, l'Italie qui veut faire revenir les siens offre des vacances à Marino, 9 ans et à son frère, Henri, 5 ans. Une colonie qui ressemble davantage à un camp militaire attend les jeunes vacanciers. Les bains de mer et quelques dynamiques éducateurs: tout est attrayant. Pourtant, les deux navires en ciment qui trônent sur le terrain réservé à la colonie donnent à l'ensemble une touche martiale. La nuit, on demande à chacun de monter la garde à tour de rôle. D'autres fois, on réveille tout le monde pour simuler, sur les dunes, une attaque contre un ennemi fictif. On marche, on rampe, tout cela révolte Marino. Petit, celui-ci a fréquenté ce qu'on appelle l'«asilo», un patronage à l'italienne. A l'époque, l'influence de l'idéologie mussolinienne est telle, dans tous les milieux, que les ingrédients sont réunis pour former de bons petits fascistes. Et déjà dans l'habit qu'on leur remet: la chéchia avec pompon noir. Mais aussi la chemise, le pull, la cravate et le pantalon, tout est noir. Lui qui n'a que cinq ans alors n'y voit qu'un déguisement et puis les jeux sont intéressants… Quand il repense, des années plus tard, à «l'asilo» puis à cette colo de l'Adriatique, il comprend: une idéologie a gagné toutes les couches de la société et même l'Église. En attendant, il ne retournera plus, ni lui ni son frère, en vacances à la mer. Plus aucun lien avec l'Italie jusqu'à l'âge de vingt-trois ans. Au cours de l'année 39, après que Mussolini a signé un pacte avec le Führer, les armées italiennes envahissent le Sud de la France jusqu'à Aix-en-Provence. Marino est alors au séminaire et on l'accuse, lui qui ne veut pas entendre parler de fascisme, d'être l'ennemi. Parce qu'il est italien, tout simplement.

De toute cette période, il lui reste, malgré tout, du bon grain. L'amour d'une mère. Et… le souvenir d'un grand-père qui adorait la nature. Il ne l'oubliera jamais plus. Témoin cet épisode survenu l'année de ses quinze ans. Nous sommes dans les années 40. Le jeune Giacometti, alors au petit séminaire d'Aix-en-Provence, est chef d'équipe, l'été, dans les colos. Il a déjà la réputation d'être un braconnier. On croit voir le petit Marcel Pagnol dans les collines qui entourent Aubagne, tout près de là… Comme lui, l'hiver, Marino s'entraîne et capture merles et grives dans les collines de Saint-Rémy-de-Provence en recouvrant ses pièges avec des vers de farine : les vers, c'est connu, remuent tout le temps et ont la réputation d'attirer encore plus les oiseaux. Il connaît bien les Alpilles. Tout jeune, il y coupe, avec la famille, le thym et le romarin. Il entend, lors d'une séance de cueillette, un lapin qui crie et il se dit qu'on l'a piégé. Il s'approche : il ne s'est pas trompé. Il découvre l'animal prisonnier d'un lasso muni d'un câble de laiton. Il le libère et l'apprivoise. A la colo, l'été, avec toute son équipe, il met en pratique ses astuces. Un jour, tous ensemble, ils vont tenter un gros coup : encercler un lièvre découvert, par hasard, à gîte, camouflé derrière une touffe d'herbe. Ils l'attirent au milieu de quelques arbres. Bientôt, ils le tiennent, repoussant tous les assauts de l'animal qui essaie de fuir en passant entre les mailles de la chaîne humaine. L'un d'eux le manque d'un poil... Don Bosco, le saint fondateur des Salésiens, grand connaisseur de la nature et des animaux, n'aurait pas fait mieux.

A Maussanne, à la Libération, le jeune moniteur, lors d'un camp, part un jour chercher du ravitaillement pour les enfants à bicyclette. Il traverse les Baux-de-Provence et descend sur le Grès. Il rentre avec des provisions. Pour nourrir un peu mieux les enfants, il met sur pied toute une stratégie. Le soir, quand la colo s'est endormie, il part, en soutane, poser les pièges : il utilise des lacets. Le lendemain, avant que les enfants ne se réveillent, il retourne « visiter » ses pièges et les relever. Un beau matin, il rapporte ainsi quatre bêtes sous la soutane, attachées à la ceinture du pantalon, deux devant et deux derrière. Au retour, il fait une rencontre inopinée avec un habitant assermenté du lieu : le garde. Marino, arrivé à la hauteur de l'homme de loi, s'arrête, restant immobile comme un piquet : dès qu'il bouge, en effet, on aperçoit un balancement impressionnant sous le vêtement ecclésiastique. Marino montre son étonnement de croiser quelqu'un si tôt dans la campagne. Le garde explique qu'il a repéré le travail d'un braconnier opérant dans le secteur et qu'il vient pour le cueillir. Marino réplique d'une innocence toute calculée qu'il effectue sa promenade matinale. C'est pour lui le seul moment de silence en pleine nature. Il pousse plus loin l'insolence et demande au garde si l'on peut aussi prendre un lièvre avec des pièges, ce qu'il ne sait pas faire. Le garde, qui, apparemment, n'a rien deviné, lui donne la marche à suivre, avec tous les détails. Sans se douter qu'il a, en face de lui, le braconnier qu'il recherche. Le lendemain, Marino localise le repaire d'un lièvre. Cependant la Deuxième Division Blindée du Maréchal Leclerc qui débarque alors en Provence libère la population mais aussi… l'animal. Les soldats bivouaquent, en effet, à l'endroit même où le lièvre a son gîte… Marino ne le reverra plus.

L'ENFANCE
D'UN PETIT ÉMIGRÉ ITALIEN

Marino rend visite, ce matin-là, à un agriculteur d'Entressen, sur la commune où il habite lui-même aujourd'hui. Annie et Gérard sont d'anciens pieds-noirs. A leur retour d'Algérie, le prêtre est venu vers eux comme vers beaucoup d'autres qui, soudain, se sont retrouvés déracinés. Marino a la conviction que son « métier » l'appelle là justement où des êtres connaissent la détresse. Le désespoir. Ou la désunion. Mais d'où lui vient cette envie viscérale de se donner ainsi aux autres ? Un retour en arrière va nous éclairer.

« J'ai découvert ma vocation en même temps que le lait maternel », assure, à qui l'interroge sur ce point, Marino Giacometti. Très tôt se fait jour en lui ce grand désir d'« être un homme… comme Jésus ». A sa mère, essentiellement, il doit le désir de devenir prêtre. Une idée qui l'habite dès l'âge de trois ans, selon lui ! Cette maman volontaire, comme on l'a déjà vu, aurait voulu, elle aussi, se consacrer à Dieu. Hélas, le modèle le plus proche dont elle pouvait s'inspirer – un ordre de religieuses un peu vieillot – ne lui convenait vraiment pas. Tout pour Dieu, oui, mais avec elles, non ! Joviale, espiègle, pleine de vie, elle n'accepte surtout pas de se mettre sous un éteignoir. L'apparence, dit-on, est secondaire, mais quand on est une jeune fille de vingt ans, on ne veut pas d'une « forme débile ». Elle se marie, mais c'est promis, son premier enfant, elle le consacrera à Dieu.

Le papa Giacometti, lui, est né dans une famille italienne originaire, comme celle de la maman, des environs de Bergame. Il ne nourrit guère de conviction religieuse. Chrétien de tradition, il a surtout une préoccupation, le travail.

Marino a cinq ans et demi, en 1931, quand il arrive en France avec sa mère et Enrico, son frère qui n'a qu'un an et demi. Le papa est là depuis un an déjà. Il pose des poteaux le long des routes et tire des lignes électriques. Pendant six mois, ils sont hébergés par des Italiens d'un certain âge, à Saint-

Cannat. Tous les quatre dorment dans la même chambre. Plus tard, ils logent chez un jeune couple italien de Saint-Rémy-de-Provence. Ces deux là se disputent sans arrêt. Le jeune Marino assiste, ébahi, aux scènes conjugales qui vont jusqu'au lancer d'assiettes! La division et l'affrontement, il n'oubliera pas, il les a vus de près. Des aventures négatives, à cet âge-là, ça ne laisse pas indemne. Chez Marino, s'attise, comme par réaction, un très fort désir d'harmonie. D'unité: un mot qui reviendra comme un leitmotiv dans sa vie. Ces moments plutôt délicats entre un homme et une femme qui l'hébergent, le petit Italien ne les oublie pas. Il aspire à beaucoup mieux entre les êtres. Sa quête a commencé. Sa mère qui a tant compté aux premières années de sa vie va le précéder et lui ouvrir les portes de nouvelles rencontres. Pour une histoire de petits plats…

Rina Giacometti est couturière, on l'a vu. Elle fait aussi très bien la cuisine. Pour aider le mari à rapporter un peu d'argent à la maison, elle met son art au service des fêtes de quartier. Puis, elle est employée chez le Docteur Jean Gorodiche, un chirurgien d'Arles: il a entendu parler de cette femme, il a souhaité que Rina soit sa cuisinière. Il va inviter tous les médecins régulièrement pour déguster sa cuisine. Traditionnelle et inventive, telle est Rina

Giacometti. Sa cuisine, qui s'appuie sur quelques plats fondamentaux se renouvelle souvent, elle aussi, au gré de son humeur et de ses invités. Son humour est plus fort qu'elle, Rina joue des tours pendables à ses patrons. A Noël, en guise de bûche, elle offre un morceau de branche de chêne enrobé de chocolat. Au moment du dessert, le docteur l'appelle : « Rina ! » Elle place le soi-disant gâteau devant lui et lui tend un couteau. Le médecin essaie de découper la bûche mais, évidemment, n'y parvient pas. Et elle se met à rire aux éclats : « Comment ! Un chirurgien qui n'arrive pas à couper une bûche de Noël ! » Elle retourne en cuisine comme pour ajouter quelque ingrédient au gâteau. Elle revient, prend elle-même le couteau qui rentre tout seul dans la bûche : « Et moi pourtant, s'écrie-t-elle, je ne suis pas chirurgienne ! »

Chaque année le docteur Gorodiche invite un certain Pablo Picasso pour les corridas en Arles dont il fera une de ses œuvres. Picasso apprécie les plats que Rina lui prépare. Celle-ci lui parle d'un beau-frère, Guerino Masserini, qui s'adonne à l'écriture. Le peintre lui fait part de son désir d'écrire à cet oncle pour lui manifester son amitié. Sur la carte, Picasso rédige l'adresse et dans la partie réservée à la correspondance, il dessine un masque grec, la muse de la littérature et de la peinture. Pour montrer qu'il rassemble ainsi, dans un même trait, qu'il signe, l'art d'écrire et l'art de peindre.

Marino, devenu entre-temps jeune curé de Camargue, rend visite à sa mère chez le docteur. Avec ce dernier, le jeune prêtre lie amitié et engage des discussions très riches. Le médecin est israélite, d'origine russe. Mais il n'empêche pas Rina de parler du Christ à son fils. Après une opération de Marino effectuée par ce même chirurgien, ce dernier apporte un livre au jeune prêtre, *Jésus et Israël*, de Jules Isaac. Après avoir lu l'ouvrage, Marino donne son impression au médecin : « Cet auteur offre, dans son livre, une contemplation de Jésus que je partage entièrement. » Après sa guérison, Marino ira rendre visite à Jules Isaac, chez lui, à Aix-en-Provence. « Je le sentais proche de moi, dit-il, au retour, lui, juif se disant athée et moi, prêtre catholique. » Marino met plus tard en contact Gorodiche et Isaac. « Si l'on veut développer le vrai dialogue entre les religions, conclut Jules Isaac, il faut le faire comme aujourd'hui entre nous. Dans la simplicité des rapports et pas uniquement sur un plan intellectuel. » Déjà se manifeste ce qui va devenir une passion chez Marino : être un carrefour entre les religions, comme entre les idéologies. Un beau jour, il sera heureux de voir que Jean XXIII accueille Jules Isaac, entamant ainsi une nouvelle ère dans les relations entre juifs et chrétiens. Le Concile, souhaité d'ailleurs par le bon pape Jean, rédigera la constitution appelée *Nostra Aetate,* un document qui incite les chrétiens à avoir un autre regard sur leurs « frères aînés ».

Lui qui s'efforce de se rapprocher des autres religions, aidé par sa mère à l'occasion, il va connaître la division au sein de sa propre famille. Une épreuve pour lui. Avant de devenir prêtre, il a deviné les tiraillements entre ses parents. Marino, du séminaire, continue, par la correspondance, à maintenir fraîche la langue italienne mais, au-delà, la langue de l'amour et de l'unité de la famille.

Les parents se séparent quand Marino devient prêtre. Celui-ci avertit alors sa mère qui veut rester avec lui : « C'est impossible... Ou vous venez ensemble, ou rien ! » La maman vient se réfugier à dix kilomètres d'Aix-en-Provence quand Marino est surveillant au Petit séminaire de la même ville. Le père reste à Maillanne, le pays de Mistral. La maman cuisine alors dans un château près de Puyricard. Marino a placé sa sœur, Louisette, la petite dernière, dans un pensionnat. Le collège se trouve à Aix-en-Provence, face à la cathédrale, chez les Dominicaines. Pour rassembler la famille, Marino obtient des parents qu'ils se réunissent une fois par mois. Il garde ainsi le lien entre son père, sa mère, sa sœur et son frère. Ils se retrouvent régulièrement au restaurant et le jeune Marino parle pour combler les vides de la conversation. Il souffre mais fait tout son possible pour reconstruire l'unité entre les siens.

Venu en Camargue comme jeune curé au Sambuc, il apprend au bout de sa troisième année que sa maman a un cancer. Elle est hospitalisée, opérée. On lui conseille du repos près de la mer. Marino n'a même pas une maison où l'accueillir : tous les presbytères sont occupés. La maman se réfugie momentanément près du Vaccarès, dans la sacristie de la chapelle de Villeneuve ! Marino demande à ceux qui occupent sans raison son presbytère, à Gageron, de le laisser disponible et il y fait venir sa maman. Il tente le tout pour le tout. Il veut recomposer l'unité familiale. Lors d'une visite à l'hôpital, le docteur avoue à Marino que sa mère est condamnée. Elle n'a plus qu'une quinzaine de jours à vivre. On l'envoie quand même à l'hôpital de Montpellier, soi-disant pour essayer d'autres traitements. En vain. Quand Marino la retrouve, elle ne parvient plus à dormir ni à manger. « Vous feriez bien de l'emmener mourir chez vous », conseille un médecin traitant. Une religieuse de service prend très mal cette initiative et le traite de tous les noms d'oiseau. « Ma sœur, lui rétorque le jeune prêtre, je suis le fils de cette dame et je prends la responsabilité de l'emmener, vous, vous n'êtes que l'exécutante.» «Alors, vous allez signer une décharge», insiste la religieuse. Il signe la décharge et emmène sa mère dans le presbytère de Gageron. Il avertit alors les siens. Sa sœur: «Tu seras, lui dit-il, désormais l'infirmière de Maman et la cuisinière de Papa». Lui, pendant ce temps, a mijoté son plan. Sa mère n'en a que pour quelques jours à vivre, il veut recomposer la famille, ne serait-ce qu'un court laps de temps. Avec sa Peugeot 201, il part donc chercher son père et le met au pied du mur: «Jusqu'à nouvel ordre, tu es toujours le père de ma sœur et l'époux de Maman. Tu vas quitter cette maison et nous rejoindre. Je t'ai trouvé un emploi d'ouvrier agricole en Camargue. Je veux que vous soyez unis comme au début. Maman va mourir bien vite...» Le père a fait ses valises et, deux heures plus tard, ils sont partis rejoindre le presbytère de Gageron. Le papa, dans la cuisine, concocte des petits plats. La maman sait qu'elle vit ses derniers jours. La Providence étant attentive, quand la maman s'approche de l'agonie, un petit acacia a poussé à trente centimètres de la fenêtre. Trois branches se montrent ainsi dans tout leur éclat à celle qui perd ses dernières forces. Au printemps, des chardonnerets y bâtissent un nid. Elle assiste à l'éclosion des petits. «C'est le plus beau printemps de ma vie», reconnaît-elle alors.

Vient le jour où la maman fait ses recommandations à chacun: «Marino, je veux que tu sois un prêtre saint, Louise une bonne cuisinière et toi Henri, un époux fidèle. Et surtout après ma mort, épargnez-moi vos pleurs! Réunissez-vous et faites un bon repas. Après la mort, la vie!»

Rina s'éteint un lundi de Pentecôte 1955, le jour anniversaire de son mariage. Et chez le fils, après cette disparition, s'impose l'idée qu'une page est tournée et qu'une autre s'ouvre. «Un appel à la sainteté, précise-t-il. L'Esprit Saint fait étape dans ma vie.» Deux ans plus tard, il découvre une autre forme de maternité, celle de Marie, spirituelle celle-là, qui va remplacer sa famille humaine. Le 15 août 1957, il est attendu dans sa famille de sang. Il envoie un télégramme, plutôt énigmatique: «Je ne serai pas parmi vous, j'ai découvert ma vraie famille. Je vous expliquerai… Signé: Marino.» Cela se passe dans les Dolomites, lors d'une Mariapolis, ces rencontres du mouvement des Focolari.

Une fois veuf, le papa continue de travailler dans une ferme, comme caviste. Sa sœur s'occupe du mas dit du Petit Ferradou, une métairie des Saintes-Maries-de-la-Mer. Charles, le papa, possède désormais une maison en Arles près des Arènes. Il est à la retraite. Il entretient ses deux passions : il est gros joueur de cartes et il aime flâner sur les boulevards de la cité gallo-romaine. Avant sa mort en 1980, alors que Marino a rejoint l'Algérie, c'est une assistante sociale qui le prend en charge. Quand Marino revient, il le retrouve à l'hôpital. Il est très mal en point et il lui donne le sacrement des malades. La veille de sa mort, il va le trouver. Il souffre de l'indifférence des infirmières. Marino, par un geste très concret, lui évite des souffrances inutiles; le papa ne parvient plus à remuer ses doigts, son fils l'aide à accomplir un besoin naturel. Un dernier geste d'amour avec une parole d'encouragement. Au moment de l'agonie, Charles Giacometti, qui ne s'est jamais vanté d'être un grand croyant, redit son bonheur d'avoir près de lui un fils prêtre.

JÉSUS S'EST FAIT HOMME ET NON PAS CURÉ

Marino célèbre aujourd'hui un enterrement au Sambuc, « écart » de la commune d'Arles, qui s'allonge au milieu des rizières et des marais. Il commence par adresser un salut à ceux et celles qui sont rassemblés autour de lui. Ce jour-là, en plus, il veut être témoin de la tendresse de Dieu pour cet homme qui a mené une vie rude. Alors, il jette sur le cercueil une cape de berger, lourd manteau de toile doublée de laine. Marino rabâche qu'il veut faire de sa propre vie une imitation de celle du Christ. Or, ce dernier « s'est fait homme et non pas curé », comme il dit. Et il aurait pu accomplir ce genre de signe, d'une grande humanité, pour un ami disparu... Mais cette imitation qu'il a choisie en devenant prêtre, il a bien failli ne jamais la vivre.

Tout au moins dans cette vocation précise. Retour dans les années 1950.

A la fin du temps de séminaire, Marino et ses amis, dans un grand élan de générosité, s'engagent à choisir, pour plus tard, la paroisse la plus difficile. Mais auparavant, Marino a dû gagner une bataille peu commune : réussir à entrer au séminaire. Plusieurs épisodes annoncent clairement que les obstacles ne vont pas manquer. Dès l'arrivée en France, à Graveson, au nord de Saint-Rémy-de-Provence et de Tarascon, le petit Giacometti qui était plutôt précoce et avait déjà fait sa communion s'avance pour la recevoir une nouvelle fois : il a tout juste cinq ans. Le prêtre lui donne, de justesse... Plus tard, à Saint-Rémy-de-Provence, nouveaux déboires : Marino a onze ans. Il va rendre visite au curé avec sa mère et celle-ci parle au pasteur de l'aspiration de son fils à devenir prêtre : cette fois, on l'envoie à l'école presbytérale, histoire de tester s'il a ou non la vocation. Au moment de partir, c'est le papa qui dit « non », surtout parce que le fiston, l'été, lui donne un coup de main. L'abbé Eugène Peyre, pour le faire revenir sur sa décision, offre couvertures et matelas. Entre temps, un prêtre de Tarascon a confirmé l'orientation du jeune garçon : « Toi, tu es béni ! », lui dit simplement Louis Deblasi. Côté finances, c'est plutôt difficile, comme chez beaucoup d'émigrés italiens d'alors. Coup de chance : un comité de laïcs s'engage à soutenir financièrement le petit Giacometti. Mais on n'est pas au bout du tunnel. Après les deux années probatoires, Marino entre au petit séminaire. Il a treize ans, la première année se déroule sans problème. A la fin de la deuxième année, Marino passe ses vacances au Grès. Le curé du lieu a changé. Le nouveau venu ne connaît pas l'adolescent et il doit établir un rapport détaillé sur les vacances du séminariste. Après avoir porté de bon matin les fruits du jardin au marché, Marino court à la messe. Elle est terminée quand il arrive. Il faut dire que le célébrant la dit en dix minutes à peine... Il vient un jour se présenter à lui avec la maman.

« Bonjour, que voulez-vous ? » demande le curé.

« Vous présenter mon fils qui est séminariste », explique Rina Giacometti en roulant joyeusement les « r ».

« Quoi, vous êtes Italiens, reprend l'ecclésiastique d'un air méfiant. Je ne fais pas confiance aux Italiens ! » Et il ferme la porte. La maman qui s'attendait plutôt à recevoir quelque compliment, se met à pleurer à chaudes larmes. Le cœur de Marino s'emballe... Le coup est plutôt dur. Qu'importe, chaque matin, il persévère et vient à la messe, quitte à affronter les remarques «gentilles» du prêtre qui lui répète dès qu'il s'approche: «Ne me parlez pas!»

Les vacances se terminent et le séminariste retourne, accompagné de sa mère, à Aix-en-Provence. Ils sont à peine entrés dans l'établissement que le supérieur leur commande de laisser les valises dans l'entrée et de le rejoindre dans son bureau. Le regard sévère, il s'adresse à la maman: «Madame, je ne sais pas si je vais reprendre Marino. Votre fils se conduit très mal: j'ai ici un rapport du curé de Barbentane. Il est peu élogieux, déplore le retard à la messe. Son jugement est sans appel, Marino n'a pas la vocation!» La mère et le fils, d'un seul élan, se mettent à pleurer encore plus fort que lors de la rencontre avec le curé de Barbentane. Le supérieur, devant tant de désespoir, se laisse émouvoir et accepte de tenter un dernier essai. Pendant ce temps, la maman rassemble l'équipe de laïcs qui parraine le futur prêtre. Cette fois, cette communauté, qui jusque là apporte une aide financière, va mettre tout son poids moral dans la balance. Elle envoie, elle aussi, un rapport sur les vacances de Marino, plein de vie et d'exemples positifs concernant le comportement familial et chrétien de l'adolescent. «Ils m'ont sauvé», dit aujourd'hui encore Marino.

A deux autres reprises, les menaces ont pesé lourd. Le papa embauchait son fils pour les vendanges et, deux années de suite, Marino est rentré avec quinze jours de retard. Le supérieur a hésité et il l'a repris quand même. En se retournant vers le passé, le 29 juin 1949, jour de son ordination dans la cathédrale Saint-Sauveur d'Aix-en-Provence, Marino Giacometti ne peut que rendre grâce à cette Providence qui n'a cessé de lui ôter les pierres du chemin. Ouf, pas facile de devenir prêtre…

AMI D'UN FUTUR PAPE

Tout le monde vous le dira en Camargue : Marino Giacometti est un homme d'un abord facile et d'une grande simplicité. Ce qui ne l'empêche pas de côtoyer les grands de ce monde, personnages de la vie civile comme de l'Église. Pourquoi viennent-ils vers lui ? Peut-être, pour les uns, justement parce qu'ils apprécient ce contact sans fioriture. Pour d'autres, tout simplement à cause de la Camargue elle-même, lieu de villégiature recherché pour son aspect sauvage. De tout temps, le prêtre noue ainsi de belles amitiés, y compris avec des personnalités. Cela commence dans les années de séminaire.

1948. L'ordination de Marino approche : c'est

pour dans un an. On apprend un jour que le nonce apostolique à Paris, un certain Angelo Giuseppe Roncalli est invité à venir présider les fêtes des Saintes-Maries-de-la-Mer. Il est allé rencontrer les futurs prêtres au grand séminaire. Marino ne se souvient plus précisément de la teneur de la conversation. Il n'a pas oublié, en revanche, qu'au cours de la journée, le futur Jean XXIII demande s'il y a parmi les pensionnaires quelqu'un de son pays. Le jeune Giacometti se fait connaître. Sans plus. Quand arrive la fête elle-même, le nonce s'arrête devant lui. Et là, au grand étonnement de tous, il se met à lui parler sur le ton de la confidence. Comme si le monde alentour n'existait plus. «Un courant est passé entre lui et moi,» racontera plus tard Marino. Bien sûr, ils s'expriment dans le dialecte bergamasque. Le séminariste n'a pas l'impression d'être devant un grand de ce monde mais devant un frère qui lui fait cette invitation : «Marino, je veux te revoir à Sotto-Il-Monte». C'est son pays d'origine, situé entre Bergame et le Lac de Côme. Marino est né à sept kilomètres de là. «C'est ton cousin ?», demandent les séminaristes, curieux. A vrai dire, trois grandes familles composent la vallée Imagna : les Roncalli, les Previtali et les Rota. Le grand-père de Marino était un Rota. Sa grand-mère lui apprendra un jour qu'Angelo Roncalli a été son confesseur quand elle était directrice d'école à

Bergame. Marino est donc allé voir son nouvel ami l'été suivant, à Sotto-Il-Monte. Ils sont restés une demi-journée ensemble. Le futur pape lui confie des détails du cheminement de sa vocation : comment, tout petit, il montait sur la colline, dans un bosquet, pour s'exercer à des conversations privées avec Dieu.

Peu à peu grandit entre eux une certaine familiarité. La note qui, déjà, révèle la personnalité du prélat, c'est la simplicité. « Je t'attends quand tu seras prêtre ! » lui lance le futur pontife. Un an plus tard, c'est l'ordination de Marino présidée par Mgr Charles de Provenchères. Après avoir célébré ses premières messes à Saint-Rémy-de-Provence et à Maillane, il part en congé au pays natal. Il en profite pour aller rendre visite à Angelo Roncalli, en vacances lui aussi dans la région. Comme les autres fois, la conversation est faite de confidence et de simplicité. Quand ils se retrouvent en tête-à-tête, Angelo, spontanément, donne quelques conseils à son ami : « Puisque tu es prêtre, tu dois ressembler à Jésus et te comporter avec une grande simplicité. Dans tes rapports avec les autres, parle une langue qui s'adresse à tous. Comporte-toi comme un homme semblable aux autres hommes. » Pour se faire mieux comprendre, il prend exemple sur sa propre vie : « Vois-tu, Marino, explique-t-il, moi, je vis au milieu du monde en tant que représentant de l'Église comme nonce apostolique en France. Certes, je fais partie de la hiérarchie de cette Église. Mais ce n'est pas le plus important. D'abord, ce qui compte, c'est ma façon d'être. Je représente l'Église et l'Église représente Jésus Christ. Avec les grands de ce monde, j'ai à cœur de rappeler la simplicité de mon origine familiale. Je suis issu d'une humble famille de paysans, mon frère continue d'aller travailler la terre avec ses chevaux. Je n'en ai pas honte. Voilà : je commence par leur rappeler cela. Je suis avec eux en toute simplicité, sans complexe... Un jour, poursuit-il, je me suis demandé : comment représenter l'Église auprès d'Édouard Herriot, le maire de Lyon avec qui je n'ai eu, à ce jour, aucune conversation ? L'occasion m'a été donnée, peu de temps après, de prendre un repas auquel il était aussi convié. Je l'ai observé et je me suis aperçu qu'il avait une bonne fourchette. A la fin du dîner, je l'ai accosté, il a été étonné que je m'adresse à lui : "M. Herriot, je crois bien vous connaître, vous êtes un homme plein d'intelligence". A ces mots, le président esquisse un sourire. Je le regarde bien en face et je continue : "Vous avez un cœur magnanime, vos œuvres sociales en sont la preuve. Et, si vous me permettez cette familiarité, votre estomac vaut à lui seul votre tête et votre cœur réunis". Edouard Herriot ouvre alors les bras et dit : "Venez que je vous embrasse, vous me connaissez tel que je suis". Et l'entourage ne comprenait pas ce qui se passait. Moi, je représentais l'Église et lui, la franc-maçonnerie de France. Depuis cette rencontre, il m'écrit et me demande conseil pour les affaires de l'État. J'en fais de même pour celles de l'Église. » Et à ce moment précis, il montre au jeune Marino le courrier reçu du président Herriot.

Dans ses propres relations avec de nombreuses personnalités que va côtoyer, à son tour, le père Giacometti, il n'a pas de complexe et, derrière l'étiquette ou la responsabilité, il voit d'abord un homme. Ce qu'il est et non ce qu'il fait. C'est le cas avec un proche de François Mitterrand : c'est un rapport d'homme à homme dans le respect total de ce qu'il représente. En Camargue, lieu de vacances recherché, il est amené à rencontrer la famille d'un ancien président de la république. Ou encore les descendants de Napoléon. A Istres, du temps où il y est vicaire, il fait la connaissance d'André Turcat, le premier pilote du « Concorde ». Avec toujours, comme il le reconnaît, cette « note distillée dans les veines par Jean XXIII : la simplicité ». Il a en permanence à l'esprit ce conseil reçu de lui : « Marino, souviens-toi, la simplicité ! la simplicité ! »

Une attitude qui lui vaut très souvent les confidences ou les interrogations sur la foi de ces personnalités.

Motard… en colère

Cette simplicité du futur pontife, Marino aura très souvent l'occasion de la mettre en pratique. Justement à l'égard d'un prêtre venu du diocèse de Venise, celui de Mgr Roncalli. L'homme arrivé à moto d'Italie a été ordonné la veille. Il part pour Lourdes où il souhaite célébrer sa première messe. Mais, à mi-chemin, pas de chance, la moto tombe en panne. Il est à Salon-de-Provence : pas de pièce de rechange sur place, il faut la faire venir d'Italie. Apprenant que vit dans le secteur un prêtre d'origine italienne, il vient lui rendre visite et demande s'il peut être hébergé. Mais il est révolté par ce contretemps et n'est pas à prendre avec des pincettes. Marino le regarde et lui dit, à propos de son voyage à Lourdes : « Sais-tu pourquoi Marie ne veut plus pour les prêtres d'une dévotion parallèle à leur sacerdoce, comme s'ils étaient des fils uniques ? Eh, bien, je vais te le dire. On parvient au cœur de son cœur, quand, entre prêtres, nous vivons en plénitude l'amour fraternel. Pour l'honorer comme mère dans sa divine et humaine maternité, on la découvre sans déformer ce qu'elle est. Notre sacerdoce doit comporter cette physionomie mariale. » Le prêtre vénitien se demande pourquoi on lui adresse ces paroles. L'attitude de Marino va l'aider à comprendre. Ce dernier, en attendant, se tait. Il va agir. Pendant trois jours. Quand son hôte a faim, il lui donne à manger, s'il a soif, il lui donne à boire, s'il a besoin de consolation, il l'écoute. C'est le moment de lui révéler qu'il est un frère, comme il l'a dit. « Sinon, conclut Marino, mes paroles sont vaines. » On peut être prêtre et maternel comme Marie pour tous ceux que l'on fréquente. Au bout des soixante-douze heures, le jeune prêtre a complètement changé. Il a retrouvé la sérénité. Marino peut désormais lui poser une question et se révéler à lui. Il lui apprend que le cardinal Roncalli, celui du prêtre vénitien donc, est un ami, plus, un conseiller spirituel. Et Marino le charge d'un service : « Quand tu vas rentrer au pays, après ton passage à Lourdes, tu rendras visite à ton cardinal et tu lui expliqueras ce qui s'est passé avec moi. » « As-tu entendu parler d'un certain mouvement dans l'Église qu'on appelle les Focolari ? », demande-t-il encore à son jeune confrère. « Les Focolari, ces gens un peu… » répond ce dernier en tapant d'un doigt sur la tempe, avec un sourire malicieux. En gros, cela signifie « des farfelus », des « dingues ». Marino refait le geste et en rajoute: «Oui, disons des gens orientés vers le nirvana d'une spiritualité mystico-évasive!» Puis, il devient plus sérieux et reprend à l'endroit de son jeune confrère: «Depuis que tu es arrivé, pourquoi penses-tu que je t'ai traité en frère: tu as mangé à ta faim, je t'ai prêté un bon lit, tu n'as manqué de rien? J'ai les pieds sur terre, je crois te l'avoir prouvé, non?» Et il réédite le fameux geste qui désigne un loufoque pour ajouter: «Eh, bien, je suis de ceux-là…» Pour le cardinal, il confie une lettre à son confrère dans laquelle il explique: «J'ai rencontré l'année dernière une œuvre de Dieu où Marie est présente et je voudrais que, dans votre diocèse, vous puissiez l'encourager. Je vous le garantis, c'est une œuvre de Dieu et désormais j'en fais partie. Signé: Marino.»

Le jeune motard finira par repartir. La fin de l'histoire à laquelle est mêlée son cardinal a lieu à l'automne 1958: le pape Pie XII meurt. Les cardinaux, dont celui de Venise, entrent en conclave. En ces jours où les Romains attendent, comme le monde entier, que monte la fumée blanche sur les toits du Vatican, Marino Giacometti se trouve dans le bureau du vicaire général d'Aix-en-Provence, Marius Chalve. Tout à coup, la radio annonce: «Angelo Giuseppe Roncalli est le nouveau pape, il prend le nom de Jean XXIII.» Le vicaire, éberlué, se tourne vers Marino : « Votre cousin ! » Depuis la rencontre fort remarquée des Saintes-Maries-de-la-Mer, en effet, tout le monde pense qu'il est de la famille, sans plus de précision. Ce qu'on a bien noté, en revanche, c'est qu'Angelo Roncalli est un guide pour Marino. Ce dernier connaîtra très vite la réponse à sa lettre : Jean XXIII accorde une première reconnaissance au mouvement des Focolari dont il lui a parlé dans le courrier remis au prêtre motard.

Frère de… petite sœur Magdeleine

Autre grande amitié pour Marino : celle qu'il va nouer avec la fondatrice des petites sœurs de Jésus… Aujourd'hui, quelques-unes de celles-ci vivent en Camargue, plus attentives aux métiers difficiles ou à ceux qu'on appelle les marginaux. Mais elles sont présentes désormais dans le monde entier. Toujours en des lieux où l'homme est bafoué ou déconsidéré. Certaines ont choisi pour demeure une roulotte. Histoire de montrer leur détachement des biens de ce monde. Marino les connaît depuis toujours. Retour dans les années 30…

Dès son arrivée à Saint-Rémy-de-Provence, en

1933, Eugène Peyre, un jeune curé, a appris que le fils de l'ouvrier émigré voulait devenir prêtre. Il s'est occupé de lui. Marino garde le contact avec son « guide », même quand celui-ci est muté à la paroisse Saint-Jean-de-Malte d'Aix-en-Provence. Eugène Peyre emmène Marino avec lui dans les colonies de vacances qu'il organise. Sur la paroisse de Saint-Jean-de-Malte, vit une jeune fille qui s'appelle Magdeleine et il est, pour elle aussi, un père spirituel. D'une certaine façon, Marino et Madeleine sont donc frère et sœur... Devenue petite sœur de Jésus à la suite du Père Voillaume et de Charles de Foucauld, Magdeleine, des années plus tard, va fonder une branche parallèle aux « petits frères ». Marino, dès son séjour au Grand séminaire d'Aix-en-Provence, fréquente beaucoup le Tubet, la maison mère des Petites sœurs, et il s'émerveille devant la nouveauté de cette vocation à l'amour universel. Au moment du jubilé de l'abbé Eugène Peyre – ses cinquante ans de sacerdoce –, on fait la fête au Tubet autour de lui. Marino est assis à sa droite et Magdeleine à sa gauche. Dans une sorte de « flash », il comprend alors qu'il est lié à Magdeleine. Son premier « chantier », une fois devenu prêtre, est la Camargue. Là où, justement, les petites sœurs sont venues vivre comme ouvrières agricoles. C'est aussi dans cette maison que l'on reçoit les postulantes du désert El Abiod, en Algérie, où la « famille » de Charles de Foucauld a toujours conservé un monastère.

Quand Marino est nommé curé de la moitié de la Camargue, un an après son ordination, c'est-à-dire en 1950, les religieuses lui demandent pourquoi il ne deviendrait pas, à son tour, « petit frère ». La même année, il part en pèlerinage à Rome, en bicyclette, accompagné du petit frère Georges. C'est dire les liens qui existent entre eux. Les petites sœurs le reçoivent, elles aussi, dans leur maison de la banlieue romaine. Lorsque Marino, en 1967, part à Tlemcen, l'évêque lui-même lui redit : « Vous trouverez là-bas l'esprit des petites sœurs de Foucauld que vous connaissez. »

Les occasions de rencontres ne s'arrêteront pas là. Dans les années 50, justement, les petits frères de l'Évangile, une congrégation inspirée aussi de l'expérience de Charles de Foucauld, viennent en Camargue fonder à Villeneuve, près de l'étang de Vaccarès, leur première communauté et desservir, par la même occasion la communauté du Sambuc. Marino avoue alors : « Dommage qu'il n'y ait pas des petits frères engagés dans le monde et pas uniquement contemplatifs, j'en aurais fait partie ». Plus tard, sera fondée une « branche active » des petits frères mais pour l'heure, ce qui préoccupe Marino, c'est d'abord, de ne pas passer, aux yeux de ses confrères prêtres, pour un «original». Alors, il n'en parle plus… Il aurait aimé, pourtant, que les prêtres, eux aussi, puissent vivre de cette spiritualité marquée par le choix profond d'une certaine pauvreté. Il est même allé en parler avec René Voillaume, le responsable des petits frères, à Saint-Maximin: «Jamais, c'est impossible parce que vous, les prêtres, vous n'êtes pas appelés à vivre la pauvreté», rétorque, péremptoire, René Voillaume. «Sur le plan spirituel, que je sache, reprend Marino, vous n'avez pas le monopole de la pauvreté. Vous ne pouvez pas refuser aux prêtres qui le souhaitent de vivre la pauvreté évangélique en communauté!» Un dialogue franc et chaleureux qui a préservé jusqu'à aujourd'hui les liens d'amitié avec la famille de Charles de Foucauld. Et spécialement avec les sœurs d'une certaine Magdeleine, aujourd'hui disparue.

SON NOM EST... MAMINA

Une maison basse peinte en blanc, des volets bleus. A quelques centaines de mètres, les rizières. On est en plein pays d'Arles, près de la Nationale qui file de Nîmes à Salon-de-Provence. Ici, au Mas de la Pastorale, Marino retrouve régulièrement, dans la maison de Jeanine, ses paroissiens éparpillés de Camargue. L'occasion de se rappeler la nécessité d'une transcendance. A l'oublier, on le sait, les hommes se sont repliés vers des idéologies qui ont fait faillite. Autour du prêtre, aujourd'hui, on médite une pensée pleine d'actualité: « Voici le grand attrait des temps modernes: s'élever jusqu'à la plus haute contemplation en restant au milieu des autres. Homme parmi les hommes. Mieux. Se perdre dans la masse pour qu'elle s'imprègne de

Dieu, comme s'imbibe le pain trempé dans le vin… » Le prêtre Marino s'est fait une joie de vivre cet idéal. Il regrette qu'on ait, dans une Église du passé, confondu la vie spirituelle et une piété individualiste. Il déplore, d'un autre côté, qu'on se soit affadi en dévalorisant l'aspect profondément humain contenu dans le message chrétien. Ce qui a pu provoquer, dans la vie des prêtres eux-mêmes, un déséquilibre entre les deux aspects de leur vie de foi. Ou une grande solitude. Confronté à cette question il y a une trentaine d'années, Marino a senti la nécessité de bien poser dans sa vie concrète la part des aspects matériels et d'un équilibre humain et affectif. C'était en 1960. Ce retour en arrière est capital pour comprendre un versant de la personnalité actuelle du personnage…

En 1960, il est nommé curé administrateur des paroisses d'Entressen et de Miramas-le-Vieux. Marino continue de se sentir très isolé. Comme d'ailleurs au milieu de ses frères prêtres. Pour tout dire, il est déçu de n'avoir pu entamer avec ces derniers un minimum de vie communautaire. En tout et pour tout, il n'a pu le vivre que trois années, en sortant du séminaire. Il a la certitude de bien accomplir son travail de prêtre diocésain ou de vicaire. Pourtant, reste toujours dans son cœur le regret constant d'une absence d'union spirituelle et affective. Le manque d'une relation cordiale, humaine tout simplement. La seule pensée qui le console est de se dire que Dieu le guide pour développer l'expérience d'un autre sacerdoce, non plus tourné vers le passé et ses formes désuètes, mais résolument orienté vers la découverte d'une aventure divine au cœur même de son activité pastorale. «Fort de cette certitude que, là où deux ou trois sont unis en son Nom, le Christ est au milieu d'eux, raconte-t-il, je me dis que ceci vaut aussi pour les prêtres. Pour moi, c'est la certitude que là est l'Église avant même les activités!» Le soutien de nombreux confrères, sinon en France, du moins à l'étranger, en Europe et ailleurs, l'encourage, malgré les difficultés, à aller de l'avant.

Il se demande qui sera la personne de cette paroisse avec laquelle il va pouvoir faire grandir cette présence du sacré au milieu des hommes, la base même d'un élan pastoral. Pas d'inquiétude cependant: il importe avant tout d'aimer tout le monde sans distinction. Et l'amour, se dit-il, lui servira de radar pour repérer les paroissiens que la Providence a préparés pour une telle rencontre. Sans bâtir de plan à l'avance, jour après jour, il découvre le choix de Dieu. Dieu qui est fidèle à ses promesses.

Une femme très dévouée de la paroisse s'est mise

à son service. Elle lui prépare ses repas, qu'elle vient lui apporter dans une pièce de l'école ménagère où il « campe ». Elle lui procure aussi une aide pour la catéchèse. La découverte l'un de l'autre se développe. Un beau jour, il perçoit dans cette femme, de vingt ans son aînée, à la fois un cœur de maman... et un œil de gendarme. Pourquoi cette méfiance qui ne vient pas d'elle, se demande Marino. Pendant un temps, il reste, à son égard, prudent comme un serpent et simple comme une colombe.

Une amie de Marino, de passage à la villa Adèle, là où logent cette paroissienne avec sa tante, reçoit un beau jour les confidences de Marie Babec, c'est son nom. Marie lui apprend qu'un prêtre du secteur lui a commandé, « en conscience, au nom de Dieu, » de lui révéler les va-et-vient et les fréquentations de son curé. Et elle ajoute: « Moi, je n'ai rien à lui reprocher, plus je l'observe, plus je vois qu'il est bon prêtre et fait beaucoup de bien, y compris à moi-même. Je ne suis donc pas allée rapporter quoi que ce soit jusqu'ici. Mais j'ai comme une boule à la gorge qui m'empêche de respirer. Pourquoi se méfie-t-on de lui parmi les prêtres? On m'a dit, attention, ce prêtre est un drôle d'oiseau, surveillez-le bien et venez m'en référer. » Le même jour, sur les conseils de l'amie de passage, elle révèle le complot à Marino qui se doutait bien de quelque chose. Et qui, en colère, lui rappelle qu'il « n'est pas écrit dans l'Évangile : méfiez-vous de vos frères mais aimez-vous. Je n'ai rien d'un scribe hypocrite, poursuit-il. Je suis venu en toute simplicité remplir ma mission mais, puisque mon confrère veut savoir ce que je deviens, qu'à cela ne tienne : nous irons ensemble lui raconter la vérité ». Ils partent s'expliquer chez le « prêtre-espion ». Ils mettent cartes sur table. Et l'affaire est réglée.

L'épisode a renforcé la confiance entre Marie et Marino. Plus un nuage. Un jour, le prêtre demande à sa paroissienne s'il peut venir manger chez elle : ce sera plus commode pour tout le monde. Marie accepte : c'est plus simple que de lui porter le repas dans cette pièce de l'école ménagère où il va manger seul.

Marino comprend tout de suite en entrant dans la petite maison, nichée derrière des arbustes de laurier-tin que « le royaume de Dieu, pour cette paroisse, commence ici ». En 1961 meurt la tante de Marie Babec qui partageait jusque là la maison avec elle. Veuve depuis de longues années, seule depuis la disparition brutale de sa fille, Hélène, à l'âge de vingt-et-un ans, Marie Babec, après le décès de Tante Virginie, se retrouve quasiment sans parenté dans le voisinage. Marino ne reste pas insensible à tous ces événements. Déjà, il sait qu'il peut compter sur Marie, ses qualités d'organisatrice pour les activités paroissiales et son talent de pédagogue pour l'enseignement du catéchisme. Leur complicité va plus loin: « Et si le Seigneur me la donnait comme mère et s'il me donnait à elle comme fils ! » songe-t-il un jour. Ainsi, peu à peu, une amitié, « l'unité » comme ils disent, se précise entre eux.

Depuis qu'il est à Entressen, Marino loge dans cette pièce de l'ancienne école ménagère qui est propriété du diocèse. Il est arrivé dans cette paroisse avec, pour seuls bagages, un fauteuil et une armoire à linge, dons d'un commandant d'aviation de ses amis. Dans sa chambre, un simple rideau le protège des regards indiscrets. Les barreaux des fenêtres ne donnent pas vraiment une note poétique à l'endroit. C'est alors qu'est mise en vente une maison attenante à celle de Marie Babec : elle appartient à la cousine de cette dernière. Devenu le conseiller juridique, économique et spirituel de Marie Babec, Marino a l'intuition immédiate qu'il faut acheter cette maison. D'abord, les deux parties jumelles du bâtiment, enjolivées chacune d'un escalier de pierre qui accède à l'étage, sont faites pour se réunir. Marie est d'accord. Elle propose même à Marino de venir s'établir dans la partie nouvellement acquise qui reste vide. Pourquoi pas ? Il va pouvoir y installer un presbytère digne de ce nom. C'est plus fonctionnel, plus humain. Enfin. Beaucoup plus pratique aussi pour partager les repas ou préparer la catéchèse.

Marie Babec est plus que la bonne du curé. Jusqu'à aujourd'hui, cette complicité ne s'est pas démentie. Au contraire, elle a été maintes fois confirmée et féconde. C'est en Algérie qu'elle sera comme scellée par l'entourage, nous le verrons plus loin : là-bas, en effet, pour la première fois, un jeune garçon l'appelle spontanément Mamina, ce qui signifie « petite maman ». Ce nom ne la quittera plus. Et il est plein de sens. Pour Marino certes. Mais aussi pour chacun de ceux qui ont connu ou connaissent encore Marie Babec.

Normalement constitué

On l'aura compris, Marino nourrit quelques idées-forces. Par exemple, celle-ci, à verser au chapitre de la pauvreté du prêtre. « J'ai toujours pensé que ce qui pouvait empêcher un prêtre diocésain de réaliser pleinement son sacerdoce à la manière de Jésus, c'est l'attachement à la richesse, aux créatures et à soi-même. » Pour lui, les exigences naturelles et surnaturelles qui incombent à un prêtre diocésain sont les mêmes que celles de l'Église tout entière. L'unité à Dieu à travers la personne de l'évêque est fondamentale pour la fécondité spirituelle. L'unité à Dieu à travers les hommes et femmes qu'il côtoie l'est aussi, sans attachement particulier. Le célibat unit à Dieu par les frères, c'est pour lui une autre certitude. « Nous sommes les gestionnaires des biens de l'Église dans la pauvreté évangélique. Pas d'autre richesse à posséder dans le cœur que Jésus, le Christ, dépouillé et pourtant « patron » du monde et prêtre unique. A cette condition, le prêtre peut vivre en communion parfaite avec Dieu, ses confrères et les âmes qui lui sont confiées. »

Cela n'empêche nullement, par ailleurs, un équilibre entre une structure humaine solide et un détachement total. Ni angélisme, ni matérialisme. « Je suis normalement constitué, répète à l'envi Marino à ceux qui en douteraient encore. J'ai épousé la manière d'être et de travailler de Jésus lui-même. » C'est clair, sans appel. Et c'est dans cette perspective qu'il faut comprendre l'amitié nouvelle qui naît avec Marie Babec. Comme dit encore Marino : « J'ai perdu l'habitude de contempler Marie dans les statues. Je la reconnais dans chaque femme que Dieu met sur mon chemin. Ainsi m'est-il arrivé de pleurer avec des femmes veuves comme pleurait Jésus sur la fille de Jaïre. » Une vision nettement dépoussiérée des trois « conseils évangéliques », la pauvreté, la chasteté et l'obéissance. Trois richesses qui se trouvent de ce fait renforcées et plus fécondes encore.

LE COLONEL FRANÇAIS
ET LE PETIT ALGÉRIEN

La berline bleue file sur la Nationale 113, direction Arles et la Camargue. Aujourd'hui, son chauffeur, le père Marino Giacometti, rend visite à une communauté de moines handicapés, à Bouchaud, un hameau perdu au milieu des jardins où poussent quelques palmiers. Dans les débuts, le prêtre se déplaçait à bicyclette. Il a même participé à quelques compétitions, « histoire d'évangéliser le peloton » comme il dit si bien. La route lui vaut souvent des rencontres très riches. Cela ne date pas d'hier. Écoutez plutôt ce qui lui arrive, sur la route d'Entressen à Salon-de-Provence. C'était il y a plus de trente ans...

Nous sommes en 1962, deux ans après l'arrivée

de Marino Giacometti à Entressen, dans les Bouches-du-Rhône. Les Accords d'Évian qui vont signer la paix entre l'Algérie et la France, sont pour dans quelques mois. Pour l'heure, les hostilités continuent. C'est important de le noter avant d'entamer un récit qui met en scène un militaire français et un jeune Algérien. En ces premiers jours de l'année 1962, donc, Marino part faire quelques courses à Miramas. Il a rencontré récemment un colonel qui dirige un dépôt de munitions de la ville. Ce dernier est responsable de livraisons d'armes vers l'Algérie.

Il va se passer, par un curieux concours de circonstances, un épisode plutôt cocasse où les ennemis vont devoir se regarder en face, avant même la signature de la paix officielle. Le colonel a choisi Marino comme conseiller spirituel. Ils s'entendent bien mais, sur un point précis, Marino ne réussit pas à lui faire entendre raison : l'amour des ennemis. C'est facile en temps de paix. En temps de guerre, ça l'est beaucoup moins.

Sur le chemin qui le mène ce jour-là à Salon-de-Provence, Marino croise un jeune homme qui fait du stop : il est algérien. Marino le prend en voiture et commence la conversation. Il n'est pas rasé et a l'air bien fatigué. A-t-il mangé ? Non. A-t-il du travail ? Non plus. A-t-il besoin de réconfort ? Cela semble aller de soi, vu la tristesse qu'affiche son visage. Il faut dire aussi qu'en ces temps de guerre il est exclu par les Français et même parfois… par les chrétiens.

Ils arrivent ensemble à Salon-de-Provence, place Thiers. Il fait beau, ce jour-là. Les deux nouveaux amis s'installent sur un banc public près d'une fontaine. Marino se lève et demande au jeune homme de l'attendre quelques instants. Il se rend chez un ancien paroissien à qui il demande de préparer deux sandwiches au fromage. Il revient vers son nouvel ami avec la boisson et la nourriture : « Mange, bois et surtout, n'aie pas peur, le rassure-t-il, je suis, moi, comme un marabout de chez toi, un prêtre. C'est le Bon Dieu qui m'envoie vers toi. » Au moment précis où le jeune musulman se met à manger, rassuré par les paroles et l'accueil de Marino, passent sur la place deux policiers. Intrigués par une jovialité « suspecte » entre les deux hommes qui en fait deux complices, ils se retournent après s'être approchés dans un premier temps. Alors commence un étrange dialogue.

– Que faites-vous là, demandent les hommes de loi d'un regard appuyé sur l'étranger.

– Nous sommes assis sur un banc, répond, narquois, le « marabout ».

— Alors, circulez !

— Non, Monsieur l'agent. Les bancs publics, c'est fait pour s'asseoir, surtout quand on est fatigué et qu'on n'a rien mangé depuis un moment.

Ils s'approchent, menaçants.

— Tu as des papiers, demandent-ils au jeune Algérien.

— Montre tes papiers, commande Marino à son voisin qui l'interroge du regard, et n'aie pas peur.

Il sort ses papiers. Il est en règle. Les agents reprennent leur ronde, marchent quelques mètres et se retournent vers le prêtre.

— Et vous, qui êtes-vous ?

— Moi, je suis le curé de Miramas-le-Vieux et d'Entressen.

— Ca vaut mieux pour vous.

Marino ne saisit pas bien la dernière remarque. Qu'importe.

— Tu vois, quand le Bon Dieu est avec nous, on n'a peur de personne, dit-il, triomphant, à son voisin encore tout tremblant. Allez, on y va maintenant, il te faut du travail.

Les deux hommes se lèvent. Direction l'entreprise en maçonnerie que dirige un ancien voisin de Marino. Le patron les accueille et, sans perdre de temps, le prêtre interroge l'entrepreneur.

– Vous avez besoin de personnel ?
– Non.
– Peu importe, vous allez l'embaucher. Comme si c'était moi. Un de plus, un de moins, le Bon Dieu vous le rendra.

Surpris de la hardiesse du pari, l'entrepreneur relève le défi. Il ne pose qu'une question au jeune homme.

– Es-tu en règle ? Oui ? Alors, présente-toi dès demain à huit heures.

Il ne reste qu'à trouver un logement. Marino reprend la voiture et emmène le jeune Algérien dans un hôtel-restaurant.

Avec le même entrain, là encore, il interroge la patronne qui le reconnaît.

– Avez-vous une chambre, s'il vous plaît ?
– C'est pour vous ?
– C'est comme si c'était pour moi. C'est pour lui, précise-t-il, en montrant son nouvel ami.

La dame marque un léger recul en voyant le jeune homme, mais Marino la rassure à nouveau.

– Vous pouvez être tranquille. Il inaugure un nouveau métier dès demain et vous réglera à la fin du mois. En attendant, je me porte garant. S'il se passait quoi que ce soit, vous savez où me joindre.

Karim, c'était le nom du jeune homme, s'est retourné alors vers le prêtre et l'a embrassé en lui avouant : « Tu es mon frère. » Marino lui répond : « Toi, aussi, tu es mon frère. Le créateur nous a appris à aimer notre prochain. Il est le père de tout le monde. C'est à Lui qu'il faut rendre grâce. Moi, je n'ai rien fait. »

Quelque temps plus tard, Marino revient chez son ami de Miramas, le colonel, celui qui a tant de mal à avaler la phrase de Jésus sur l'amour des ennemis. Alors qu'il sonne à la porte, passe sur la route un camion débâché qui transporte des ouvriers. Tout à coup, celui-ci freine brusquement et s'arrête. Un jeune homme en descend et accourt vers le prêtre. « Je ne peux oublier ce que tu as fait pour moi. Vraiment, tu es mon frère. Je me rappellerai toujours... » Marino se tourne vers celui qui vient d'ouvrir la porte et le présente à Karim : « Le colonel, un ami. » Le jeune maçon et le prêtre s'embrassent et l'ouvrier remonte dans le camion qui repart. Un mot de plus, de la part du prêtre, deviendrait une leçon de morale déplacée. Le colonel a vu. Il a vu sous ses yeux deux « ennemis » se parler et s'entraider. Comme dit Marino : « Il ne faut rien ajouter à l'œuvre de Dieu. » Histoire de dire : elle parle d'elle-même.

Le Cameroun... dans les Bouches-du-Rhône

Février 1995. Un ami de longue date rend visite à Marino, dans sa maison d'Entressen. C'est un ancien préfet d'Algérie. L'occasion d'évoquer la situation délicate du pays. Mais aussi de se rappeler les bons souvenirs du temps où ils se sont connus. Le père Giacometti va rester, en effet, près de vingt ans en Algérie. Après avoir failli partir au Cameroun. Récit d'une aventure qui compte toujours pour lui, aujourd'hui...

En 1965, la fondatrice du mouvement des Focolari, Chiara Lubich, envoie quelques personnes en Afrique noire, à Fontem, au Cameroun. La tâche est urgente : il s'agit de sauver les Bangwa, une tribu qui se meurt. Le Fon, le chef du village, est allé en parler à un évêque qui part à Rome assister à une session du Concile. Le responsable religieux rencontre Chiara Lubich et lui fait part de l'appel angoissé de quelques-uns de ses frères. Voilà comment se retrouvent en Afrique quelques membres des Focolari. Marino Giacometti est pressenti, alors, comme éventuel prêtre accompagnateur. Quand ce dernier soumet l'idée à l'archevêque d'Aix-en-Provence, Mgr de Provenchères, et qu'il lui parle du projet de Chiara Lubich, la réponse est immédiate et sans appel : « Non, je ne suis pas d'accord, j'ai peur pour votre santé ». Marino accepte le verdict : « C'est une joie pour moi que de faire coïncider ma volonté avec celle de l'évêque ». Du mouvement des Focolari, il a acquis la conviction que Dieu exprime aussi ses voies à travers l'autorité de l'Église. Marino avouera plus tard : « Je ne suis certes pas allé au Cameroun, mais franchement j'ai eu la forte impression de m'y être rendu quand même... »

Un mois et demi plus tard, en juillet 1965, donc, alors qu'il est curé d'Entressen et Miramas-le-Vieux, dans les Bouches-du-Rhône, cette intuition d'avoir quelque chose à vivre avec l'Afrique va se confirmer. A travers une rencontre étonnante, par une journée très chaude. Marino s'apprête à partir pour la Mariapolis de Rodez, un des congrès du mouvement des Focolari. Il est deux heures de l'après-midi. Le soleil d'été darde une forte lumière jaune qui ressemble à celle des fameux soleils du tableau de Van Gogh, dessinés près d'ici. Dans une rue déserte de Miramas, arrive un Africain qu'il a déjà rencontré. Scène surréaliste : en plein midi, dans une rue déserte, face à face, un prêtre couvert d'un chapeau de gardian et cet Africain aux longues jambes qui semble perdu : « Je ne sais que faire, ni où aller, je suis seul », avoue l'Africain. « Viens donc chez moi, lui propose Marino, tu trouveras un peu de compagnie et au moins le couvert et le gîte pour une nuit. » Le soir, il arrive avant Marino « villa Adèle », à Entressen. Des jeunes gens et jeunes filles préparent le départ pour Rodez, le lendemain. L'Africain, perdu encore il y a quelques heures, s'est tout naturellement joint à eux. On dirait qu'il les fréquente depuis toujours. Le lendemain, il part lui aussi pour Rodez. Ceux et celles qu'il va découvrir davantage au cours de ce congrès, il ne les quittera plus : il a trouvé là sa vraie famille, lui qui n'en avait pas. Ce sera d'ailleurs un peu plus tard le premier Africain à s'engager pleinement au sein du mouvement des Focolari. Mais pour l'heure, Marino ne peut s'empêcher de faire le rapprochement entre deux événements : son obéissance à l'évêque qui lui demande de renoncer à l'Afrique et cette rencontre avec Georges qu'on surnommera *Primizia,* « prémices » puisqu'il est le premier Africain à avoir épousé la cause du mouvement des Focolari. Et devinez de quel pays est notre Primizia ? Du Cameroun, comme par hasard. Ce Cameroun auquel justement a dû renoncer Marino… mais qui vient jusqu'à lui.

Le prêtre s'est pris d'affection pour ce peuple et il expédie pendant des années des tonnes et des tonnes de matériel à la tribu Bangwa. Et aussi de nombreux médicaments pour le dispensaire qui se met en place.

Cette histoire n'est qu'un prélude pour une autre aventure. Car s'il a raté ce départ pour l'Afrique noire, Marino – il ne le sait pas encore à ce moment-là – va partir pour un autre coin de l'Afrique… situé plus au Nord. Bien plus au Nord. Un jour de 1966, un an environ après la rencontre avec Primizia, deux membres du mouvement des Focolari font étape chez Marino : « Nous partons pour l'Algérie » lui apprennent-ils. Et ils poursuivent : « Ce serait bien si tu pouvais venir avec nous ! » « Et pourquoi pas, rétorque Marino. Évidemment, il faut que l'idée de Chiara Lubich, la responsable des Focolari et celle de mon évêque coïncident ! » Un an plus tard, le marché sera conclu. Un jour de juillet 1967, il va trouver son évêque à Aix-en-Provence et lui explique que le mouvement de Chiara Lubich s'implante en terre algérienne. Un prêtre serait le bienvenu dans cette nouvelle aventure. Tout penaud, il reconnaît devant le prélat : « Je sais, je viens vous faire la même requête qu'il y a deux ans… » L'évêque marque un temps de silence et de réflexion et il lui dit : « Je ne peux pas vous dire non, cette fois-ci. Je connais bien Tlemcen où vous vous rendez. Et là-bas, je ne crains rien pour votre santé. » Marino qui se pince encore en écoutant cet avis insiste : « Si vous ne me dites pas "non", alors, c'est "oui" ? » « Alors, c'est "oui" » reprend avec assurance, Mgr de Provenchères. Prenez contact dès que possible avec le père Lacaste, l'évêque d'Oran. »

La pastorale du sanglier

Là encore, comme pour le Cameroun, le mouvement des Focolari a été invité à venir s'implanter en terre arabo-musulmane. Dans le monastère bénédictin d'El Kalaa vivait un certain Dom Walser, moine allemand renommé. Issu d'une grande famille, il a été l'un des premiers à manifester son hostilité à Hitler. Et le Führer l'a expulsé d'Allemagne.

Avancé en âge, Dom Walser vient de quitter le monastère algérien. Le dernier bénédictin en place,

Emmanuel, s'est adressé aux Focolari. Il cherche une communauté qui peut maintenir une présence en Algérie.

Marino part à Lourdes où se trouve pour l'heure l'évêque d'Oran en pèlerinage avec quelques chrétiens d'Algérie. La rencontre avec ce dernier a lieu pendant la récitation de l'Angélus. Au milieu du chant des pèlerins, le pasteur lui déclare à voix basse, sans détour inutile : « Père Giacometti, je vous nomme curé de Maghnia ». A Maghnia, dans l'Oranais, il est ainsi près du focolare – le centre du mouvement des Focolari – de Tlemcen et se voit dans le même temps confier la responsabilité d'une paroisse. Dès les premiers contacts, Marino pressent que les choses ne seront pas simples avec le clergé local. Les conseils que ce dernier lui donne en disent assez long sur l'état d'esprit. Avant tout, il faut être méfiant vis-à-vis de l'Arabe en général et de l'Algérien en particulier. Marino, lui, n'est pas venu dans les mêmes dispositions. Ses confrères continuent de mélanger la religion et la nation. De son côté, il vient prêcher l'union sans frontière des races et des religions. La mentalité « Algérie française » ne lui convient vraiment pas. Non, il n'est pas là pour prendre une revanche : la guerre est finie depuis cinq ans. Il s'agit maintenant de construire la paix pour être le témoin de l'amour universel. Une telle attitude étonne le milieu musulman et explique la suite des événements.

Marino entre délibérément dans une relation d'amour et de respect envers l'Islam. Il ne lui est pas demandé de convertir les musulmans. La conception néo-colonialiste ou conquérante ne convient pas au père Giacometti. Comme il aime à répéter, « Dieu n'est pas le Dieu des chrétiens seulement mais de tout le monde. En Algérie, je n'ai donc qu'à révéler un Dieu d'amour en tant que prêtre et que chrétien, ce Dieu que j'ai en commun avec mes frères musulmans. D'ailleurs, Jésus ne s'est pas fait chrétien mais homme tout simplement pour que tout homme puisse se reconnaître fils de Dieu ». Il s'agit surtout, pour lui, d'être levain d'amour, ce qu'il répète aux chrétiens dont il a la charge.

Avec un simple programme qui lui commande d'être attentif à ce que la vie, les événements et les rencontres lui font vivre, il va être amené à partager les moments les plus densément « humains » avec ses voisins musulmans. C'est ainsi que l'un d'eux l'invite un jour à une partie de chasse. Marino part dans la forêt avec son nouvel ami et passe une bonne partie de la matinée sans repérer le moindre gibier. A midi, son compagnon ouvre son fusil et le pose : c'est l'heure de la prière. Ils sont face à un oued où coule une eau très fraîche. Le musulman se tourne vers le soleil levant et se met à prier. Marino pose lui aussi son fusil et fait de même. Chacun médite selon sa propre foi... Et pendant ce temps, survient un sanglier, là-bas, dans le fourré. Aucun des deux chasseurs n'a repris son arme : priorité dans l'esprit des deux hommes à leur Dieu, un Dieu plus grand que la chasse ou que le sanglier. Ce qui ne les empêche pas de partager un bon fou rire après l'événement. Ces choses de la vie font avancer l'amitié entre les chasseurs et, par la même occasion, entre les deux religions. Inutile de dire qu'une belle complicité est née de ce moment passé près de l'oued où coulait une eau si fraîche. Plus tard, Marino appellera cela « la pastorale du sanglier » : tout un programme.

Il se considère réellement comme l'hôte des Algériens avec cette conviction bien ancrée : il n'a pas à imposer sa propre façon de voir les choses. Sauvegarder les murs ne l'intéresse guère. Il va trouver le sous-préfet et lui explique dans quel état d'esprit il est venu : « Je ne suis pas l'héritier des erreurs commises avant moi mais l'héritier de Jésus et de son message. Vous êtes là au service de l'Algérie, par amour. Moi, ma mission, c'est d'apprendre aux chrétiens à aimer l'Algérie. Sinon je fais ma valise et je m'en vais. » Les autorités ont compris le message et le lui ont prouvé par la suite.

Un prêtre à la mosquée

Les autorités religieuses de Maghnia, elles, lui rendent très vite la confiance qu'il a spontanément manifestée à leur égard dès son arrivée dans la paroisse du lieu. Pour l'inauguration de la mosquée, l'imam l'invite à la cérémonie. Jusque là, à vrai dire, les sages du village, les plus anciens, observent Marino quand il se rend à l'église. Ils ont compris que Dieu est l'élément primordial de sa vie. Il n'est pas là pour faire concurrence mais il ne trahit pas non plus sa religion en mettant les pieds dans une mosquée. Il entre donc dans l'édifice par la porte latérale comme les simples croyants. Il quitte les chaussures, mange la datte et le gâteau partagés avant de participer au même cérémonial. Il s'installe au milieu d'eux et se met à prier. Au bout de cinq minutes, quelqu'un lui tape sur l'épaule et lui fait signe de le suivre. En silence, il rechausse ses souliers, sort du bâtiment. Son guide l'emmène jusqu'à la porte réservée aux imams de la région réunis pour l'occasion autour de l'imam principal. On l'amène jusqu'à ce dernier qui, en le voyant, interrompt la cérémonie. Il se tourne vers lui, l'embrasse. Marino s'assied près de l'imam et ressent, dira-t-il plus tard, comme l'impression de vivre un « baptême musulman ». Ce Dieu qui les réunit est celui qui s'est révélé aux juifs, aux musulmans et aux chrétiens. Pour montrer qu'il n'est pas totalement l'un d'eux, il demande à pouvoir sortir alors que la cérémonie est déjà bien avancée. L'imam se lève, fait une invocation et l'embrasse à nouveau. Le prêtre se retire.

Ses amis l'interrogent de plus en plus sur la religion chrétienne. Marino a l'occasion de s'expliquer sur des pratiques peu comprises de ses interlocuteurs musulmans. Ainsi le questionne-t-on sur le célibat que ses voisins ne comprennent pas : « Je ne suis pas un vieux garçon, explique-t-il. Comme mon sacerdoce n'est que la reproduction de l'humanité de Jésus, vierge et fils de la Vierge, alors, moi non plus je ne me marie pas. Salomon avait un harem et malgré tout il ne manquait pas de sagesse. A contrario, celui qui n'a pas d'épouse peut aussi "mettre au monde". Rien n'a jamais empêché Dieu d'être Dieu ! Comme dit l'Écriture : ses voies sont impénétrables. »

Dans ce pays en plein développement, le prêtre se retrouve au milieu de nombreuses nationalités, au carrefour des mentalités les plus diverses. Russes, Hongrois, Italiens, Américains ou Japonais sont venus là au titre de la coopération. L'Algérie, à cette époque, signe des contrats dans tous les domaines : forages, exploitations minières, agriculture, barrages, pipe-lines. L'Algérie, entrée dans une nouvelle phase de son histoire après l'indépendance, peut devenir le lieu idéal d'une rencontre rêvée entre les nations.

En tout cas, le premier Noël de Marino dans ce pays, en 1967, en offre l'augure. « C'est, dit-il, l'illustration la plus vive du commandement du Christ : "Aimez-vous les uns les autres". » Ils sont nombreux, de tous pays, à se retrouver dans la maison d'un docteur indien, Soma, marié à une Yougoslave. Cette femme, Dobrila, a un tel contact avec tous que Marino l'invite à la messe de Minuit. Celle-ci lui répond, étonnée : « Pourquoi me dites-vous cela à moi, je ne suis pas chrétienne ? » « Ce n'est pas écrit sur votre front, s'excuse Marino. En tout cas, en vous regardant vivre au milieu des autres, j'ai cru que vous l'étiez… » Dans la maison illuminée, ils ont fêté un Noël des nations, croyants et athées réunis autour d'un repas. Et le 31 décembre, ils se sont retrouvés à nouveau. Ils ont suivi à la radio le passage à l'année nouvelle, branchés sur la radio russe ou polonaise. Et ils ont dansé. Marino était là parmi eux, heureux de leur bonheur et des retrouvailles, prophétiques, pense-t-il, entre tous les peuples.

UN BALLON
CONTRE DES PIERRES

Une fois par mois, le curé de Camargue rassemble les enfants. Au programme : découverte de la Bible, échanges d'« expériences » – échecs ou réussites dans l'apprentissage de l'amour du prochain – et jeux bien sûr. Est-ce parce qu'il a gardé une âme d'enfant : Marino est à l'aise avec eux. Il l'a toujours été. Et parfois, les « petits » l'ont amené là où il n'aurait jamais imaginer d'aller… jusqu'à bouleverser la vie des « grands ». Comme déjà dans ces quelques épisodes algériens. En Algérie, où il est resté, rappelons-le, jusqu'en 1986…

Un matin, pendant qu'il célèbre dans l'église de Maghnia, il entend des bruits insupportables, un véritable tintamarre. Cela provient de l'une des ailes de la chapelle. On devine des pierres qui tombent. Dès la fin de l'office, il court pour comprendre ce qui est arrivé. Il se retrouve devant un tas de cailloux d'une hauteur d'un mètre environ. Des vitraux ont été cassés. Le spectacle est désolant. Les chrétiens ne comprennent pas et se mettent en colère. Marino les calme immédiatement. Avec des mots durs : « Pas un geste de violence, nous sommes ici pour aimer ces enfants qui n'ont pas trouvé à ce jour d'autres manières de se défouler… » Il ajoute une pointe d'humour : « Nous n'avons pas d'orgue, notre cérémonie a été agrémentée par la musique de ces cailloux. » Dehors, des hommes d'un certain âge sont accroupis au soleil. Les enfants, deux cents environ, garçons et filles, attendent la sortie de la messe. Une petite fille d'une douzaine d'années tient un caillou à la main et s'apprête à le jeter. Elle croise le regard de Marino qui la fixe avec un sourire et, sans comprendre, lui crie spontanément : « Ballon ! » Mot magique en apparence : immédiatement, la petite laisse tomber la pierre. Le ballon a cristallisé l'attention et fait remonter les rêves. Marino part sur le champ acheter l'objet mythique et un sifflet. La troupe des deux cents jeunes ne le lâche pas d'une semelle. On descend le boulevard pour arriver sur un terrain vague, près de la caserne. Deux vestes feront l'affaire pour les buts. Au premier coup de sifflet, tout ce monde s'est jeté, comme un essaim d'abeilles, sur le ballon. Par moments, celui-ci disparaît dans la mêlée puis réapparaît. Il s'élève tout à coup à hauteur des eucalyptus plantés sur le flanc de la montagne. On joue ainsi pendant trois heures sans interruption. Le grand défoulement. Les parents qui ne voient pas arriver leur progéniture accourent bientôt. La police envoie une estafette « au secours » de Marino. « M. le curé, on peut vous aider ? » « Mon église a été la cible de ces enfants inactifs. Plutôt que de les laisser casser tous les vitraux, je les ai emmenés ici taper dans une balle. Vous savez, j'ai toujours eu un côté éducateur. » Félicitations des policiers. Un groupe de jeunes lui demandent s'ils peuvent l'aider dans sa tâche. « Oui, répond Marino, formez donc maintenant des équipes de onze, les autres seront spectateurs avant de venir à leur tour sur le terrain. » Il est quatre heures quand le prêtre arrête son expédition. Avant de les quitter, il leur adresse quelques mots. Il a trouvé un dérivatif à leur inaction, mais il peut leur demander de le respecter à son tour : « Moi, je n'attaque pas la mosquée, car c'est la maison de Dieu. Pour nous aussi, l'église est la maison de prière. Comment vais-je faire à présent pour la nettoyer ? » Silence et concertation. Une heure après la fin du match, une délégation accourt jusqu'à l'église avec des seaux, des pelles et des balais. En quelques heures, tout est remis en place. Dans les semaines qui suivent, avec l'accord des autorités, va se monter une équipe de foot. Des adolescents élisent un capitaine et vont participer à un championnat. Marino rapportera d'un futur voyage en France des maillots et des shorts. Une nouvelle mentalité s'installe petit à petit après l'histoire des pierres jetées sur l'église : tout le monde veut rendre le pays plus beau et accueillant. Un petite équipe va même planter quelques fleurs autour de la chapelle. Les fleurs pour inaugurer une autre manière d'être.

Partager sa foi et ses convictions, cela peut prendre une tournure très concrète. Échanger des idées ou une belle méditation c'est bien. Mettre en commun des murs, c'est autre chose.

Peu de temps après l'installation de Marino dans sa paroisse, à Maghnia, non loin de Tlemcen, dans le Sud Oranais, le prêtre offre pour la mosquée des meubles qui ne serviront plus à l'église. Il remet aussi un haut-parleur à l'imam pour appeler à la prière. L'église a été bâtie pour répondre aux besoins d'une population de cinq mille personnes et la communauté paroissiale ne compte que soixante membres. Selon l'expression de Marino, « c'est comme un vêtement qui aurait appartenu à un géant et qui devrait à présent habiller un enfant ».

Le presbytère est très grand lui aussi et reste, dans l'esprit des chrétiens du village, comme le symbole d'une lutte contre les autorités locales. Un fief à sauvegarder où le curé vit à l'aise pendant que le maire du village avec ses dix enfants habite un préfabriqué. Les chrétiens semblent oublier – ou accepter difficilement – que les anciens édifices de l'État français, dont le presbytère et l'église, appartiennent depuis l'indépendance, à l'État algérien… Marino commence donc par le commencement.

Il va redessiner l'église à la dimension de la vie chrétienne du moment. Il conserve la nef latérale. Mamina et lui-même l'occuperont. L'ancien chœur suffit pour les offices. La grande nef centrale avec quelques aménagements peut devenir un centre culturel pour les jeunes, héberger une bibliothèque, et une chapelle latérale deviendra une salle de musique pour la fanfare des scouts algériens. Il fait part de son projet au chef du village : « Avant tout, M. le Maire, prévient Marino, il me faut l'accord de l'évêque ». « Et moi, reprend le maire, le consentement du conseil municipal. Mais vous, en contrepartie, que me donnez-vous ? » « Le presbytère, d'abord et puis allez, je vous donne tout… parce que je n'ai rien. » « C'est d'accord », acquiesce le premier magistrat avec un sourire. On n'attend plus que le feu vert des élus et du responsable du diocèse.

L'évêque est enchanté de ces projets, quelques prêtres, pris à contre-pied, un peu moins. Le conseil municipal suit son maire dans l'aventure. Pour commencer, Marino exécute son engagement et remet le presbytère au chef de la commune. Pour la deuxième partie du contrat, il reste à trouver les matériaux nécessaires. Les ouvriers, la municipalité les fournira mais, en revanche, elle n'a pas d'argent pour s'offrir le moindre sac de ciment et les briques.

Qu'à cela ne tienne : Marino, qui a promis qu'il « donnerait tout », part à Oran avec une idée derrière la tête. Auparavant, avec une paroissienne, Bernadette, et son mari, Jean-Michel, il fait ses calculs : il faut au moins deux cents sacs de ciment, vingt-deux tonnes de briques sans compter le matériel pour l'installation de la cuisine, l'adduction d'eau et l'électricité. Transformer une église en maison des jeunes, cela ne se fait pas avec un coup de baguette magique… Marino a donné sa parole. « A partir de là, je me fie à la Providence », aime-t-il à répéter. La confiance chevillée au corps, il se rend à l'usine CADO, la cimenterie algérienne d'Oran. Il demande à voir le directeur et expose son plan : « Je suis curé de Maghnia et pour y accomplir une mission particulière, j'ai besoin de deux cents sacs de ciment. »

– Et qui va les payer ? interroge le patron de la cimenterie.

– Pas moi, en tout cas, répond Marino, je n'ai pas un sou. Mais je sais qu'une telle action en faveur du peuple algérien et de l'Église ne peut avoir que de bonnes retombées sur votre entreprise. »

Le directeur se retire un instant, consulte ses adjoints et revient : « M. le curé, c'est d'accord, vous aurez vos deux cents sacs de ciment ». Marino repart avec un engagement écrit et il laisse, pour sa part, le franc symbolique.

Ce n'est pas tout, il manque encore les briques. Prenant son courage à deux mains et s'en remettant une nouvelle fois à sa chère « Providence », il file le jour même à Mers-el-Kébir où il a repéré une briqueterie. Mêmes explications et mêmes discours auprès de la direction. Mêmes regards interrogateurs des responsables. Ceux-ci veulent un geste plus que symbolique cette fois de la part du prêtre : « Combien avez-vous dans le portefeuille ? » « Six cents dinars », répond Marino. « Vous nous les donnez et vous prenez toutes les briques dont vous avez besoin », concluent les responsables de l'entreprise. Marino met son argent sur la table et ne part pas sans un engagement écrit. Ni sans les féliciter pour leur « action prophétique ». Il s'en revient au pays avec les deux bons qu'il offre immédiatement au maire de Maghnia. Celui-ci, comme s'il voulait rivaliser avec le coup d'éclat de Marino, téléphone immédiatement aux Transports algériens. Dans les jours qui suivent, briques et ciment débarquent dans le pays en fête. Les hommes, Algériens et Européens réunis, se précipitent pour aider au déchargement. On n'a jamais vu ici une chaîne aussi imposante et joyeuse. Les travaux peuvent commencer. Pour les gens du pays, il s'agit de faire naître un lieu qui les rendra fiers de leur culture. Les chrétiens, il ne leur reste qu'à devenir, eux, des pierres vivantes. Chacun sa part.

Marino a donc gardé une modeste partie du presbytère : une chambre pour Mamina, une cuisine, une salle à manger, un cellier et même une terrasse. Dans son bureau, il installe aussi sa propre chambre avec un canapé convertible comme cela se pratique souvent en Algérie. L'église tiendra dans l'ancien chœur de la grande construction transformé en chapelle. Ce sera plus intime.

Pendant ce temps, les travaux avancent. Les installations de la salle de musique et de la bibliothèque sont bientôt achevées. L'inauguration est un grand jour. On sert l'apéritif sur deux tables, avec alcool d'un côté et sans alcool de l'autre. Les coopérants russes sont présents, ainsi que d'autres familles invitées par Dobrila, cette Yougoslave qui a déjà organisé une belle soirée de Noël. L'évêque n'en revient pas : il s'est passé quelque chose de l'ordre du miracle. Un miracle soulevé avec les mains et l'intelligence de l'amour. Pour l'occasion, le maire a convoqué tous les groupes représentatifs qui travaillent dans le pays : les syndicats, les membres du parti. « Jamais, je n'ai trouvé une telle unité dans l'Église d'Oran », avoue, ce jour-là, l'évêque du lieu.

Premier bain de mer des jeunes musulmanes

On ne vit pas tous les jours de ces grandes retrouvailles. Parfois, il faut répondre, quand on est prêtre et ouvert à tous, aux demandes les plus simples. Ainsi, dans le petit village de Sidi Ali, rêve-t-on de la mer. On en rêve, mais on ne la voit pas. Très souvent, on se l'imagine : après tout, elle n'est qu'à quatre-vingt-dix kilomètres. Mais derrière la montagne. Alors, un jour, Marino fait appel à un coopérant, un certain Jean-Claude, qui s'est fait une réputation en bâtissant une école avec les pierres d'un ancien fort. Ils se risquent à proposer aux parents d'emmener leurs grandes filles voir la mer, à Marsa ben Mehidi, la plage la plus proche. Ce sera mardi. Va pour mardi. Marino et son ami arrivent, le mardi, avec une estafette et une voiture au point de rendez-vous : ils s'attendent à un fiasco. Laisser partir seules des jeunes filles n'est pas pratique courante dans les familles musulmanes. Aussi, tout au plus, nos deux éducateurs s'attendent-ils à la venue de deux ou trois candidates à la baignade. Grosse surprise : elles sont une petite vingtaine. Chacune est accompagnée jusqu'au point de rendez-vous par un adulte : c'est la condition requise par le prêtre pour être de la balade ! Pour pouvoir emmener tout le monde, on appelle quelques taxis. Et c'est parti. Imaginez l'ambiance dans les voitures. Quand arrivent les derniers kilomètres avant la plage, un silence angoissé commence à s'installer, de ceux qui précèdent un événement exceptionnel. Et soudain apparaît la grande langue bleue dans le lointain. C'est un seul et immense cri de joie : « la mer, la mer ! » Les jeunes filles ont des maillots de bain mais, dès qu'elles arrivent sur le sable de la plage, l'émotion et l'impatience sont trop grandes : certaines plongent dans l'eau encore habillées de leur grande robe colorée. Elles se jettent dans les rouleaux écumeux qui viennent mourir sur le rivage. Extraordinaire instant : jamais elles n'oublieront cette baignade dans l'eau de leur rêve. Et Marino lui se réjouit avec Jean-Claude : ils ont été les artisans, simples artisans, de cette joie des jeunes filles du douar – le village de Sidi Ali Ben Zemra.

La galère des trois Belges

Ce n'est pas la seule aventure que le père Marino ait été amené à vivre avec des jeunes. Celle-ci est plaisante. D'autres le seront moins. Comme celle de ces enfants de père algérien et de maman belge, après un divorce. Marino répète qu'il faut cueillir la vie telle qu'elle vient, inattendue, déroutante, toujours riche de dons étonnants. Un jour qu'il s'apprête à rentrer dans l'église, attendant les derniers paroissiens pour la messe, un musulman en tenue de ville se présente à lui: «Je suis Procureur de la république algérienne. J'ai un problème que vous seul, dans le cadre de votre mission, pouvez résoudre.» Et l'homme de loi d'expliquer son problème: «Nous n'avons pas encore à l'heure actuelle la possibilité d'apporter une solution au cas précis dont je vais vous parler, mais vous, vous pouvez m'aider.» Et il détaille la situation. Voilà, il doit régler le drame de trois enfants, de 12, 10 et 8 ans dont la maman est belge et chrétienne et le papa algérien et musulman. Le couple s'est séparé. Le papa a laissé les deux filles à la maman et, sans laisser d'adresse, il a emmené avec lui ses trois garçons. Ils sont restés un temps chez les parents du papa, ici quelque part dans la montagne. Ils y vivaient dans une grande misère. Le papa, lui, s'en est retourné avec une autre compagne en Belgique. Pendant ce temps, les enfants n'en peuvent plus : ils ont tenté de fuguer mais les gendarmes les ont repris. Ils ont récidivé, alors on les a placés dans un institut d'État à Maghnia. Là, ils sont en totale réaction par rapport aux responsables et agressifs avec les autres enfants ; en plus, ils ne parlent pas l'arabe. « Nous ne savons plus quoi faire, conclut le Procureur. Père, je les laisse entre vos mains… » Marino se tourne vers les quelques paroissiens qui ont suivi l'entretien. Tous vont s'y mettre. On va trouver de quoi leur venir en aide et déjà pour les nourrir. Sans tarder, le Procureur emmène le prêtre avec lui à l'institution à qui sont confiés les enfants. « C'est un prêtre, n'ayez pas peur, » dit le Procureur en arrivant devant les garçons. Les trois enfants, tout tremblants, font bloc. Le plus grand impose sa loi aux plus petits. « Vous allez venir chez moi, leur propose alors Marino. Chez moi, quelqu'un reprendra pour vous l'école en français. Moi, je serai en quelque sorte votre papa en attendant que vous retrouviez votre vraie famille. » L'accord des garçons obtenu, le petit monde prend la direction de Maghnia. En arrivant au presbytère, le prêtre commence par leur donner à manger. Un grand plat de pâtes : l'idéal pour ce qu'ils ont, une grosse faim. Puis on les soigne : ils sont couverts de gale. Une fois donnés ces premiers soins, Marino les confie à Jean-Claude, le coopérant qui l'avait déjà accompagné à la mer avec les jeunes filles de Sidi Ali. Pendant ce temps, le Procureur convoque les parents à qui il veut expliquer la nouvelle situation et avec qui il veut tenter une conciliation. Le père ne viendra pas, la maman, elle, est présente. Devant le désintérêt paternel, les enfants vont être confiés à la mère et, juridiquement, ils pourront redevenir belges.

En attendant, l'Église devient leur famille : ils acquièrent une formation chrétienne. Tandis que le Procureur suit l'aspect judiciaire, Marino règle les détails financiers. Il s'adresse à la Caritas d'Oran : « Pouvez-vous m'aider à payer le voyage de retour de trois enfants. » La juridiction a tranché mais leur sort dépend aussi de l'aide internationale. Les autorités algériennes sont d'accord, certes. Cependant Marino a besoin d'un document pour obtenir le consentement de la Caritas. Le papier permet au prêtre d'obtenir le visa. A Pâques, la maman vient rechercher ses enfants. Ainsi, grâce à la coopération exemplaire entre l'État et la communauté chrétienne, tout a pu se régler dans des conditions rapides et convenables. Mais le Procureur a poussé un grand « ouf » de soulagement quand il a vu décoller l'avion pour Bruxelles. De telles situations qui se répéteront par la suite sont bien souvent inextricables : il s'y mêle trop d'éléments affectifs ou religieux ou les deux pour que cela se passe dans la sérénité. Cette fois, les autorités, civiles ou religieuses, ne se sont pas enfermées dans la tour d'ivoire de leur prérogatives. Laissant de côté leur désir de manifester un pouvoir, elles ont d'abord cherché le bien de trois innocents. Affaire de cœur plutôt que de code.

Yasmina, « celle qui a la foi »

Pour Yasmina, ce sera aussi une affaire de cœur. Mais cela commence par une action de solidarité... Marino vient de prendre possession de son bureau à l'intérieur de ce qu'on appelait encore le presbytère de Maghnia. Première semaine en terre oranaise. Il reçoit la visite d'une jeune fille enveloppée complètement dans son voile blanc à la manière des jeunes filles musulmanes du lieu : les deux bouts de l'habit se rejoignent au niveau de la bouche et une des deux mains tient le voile fermé sur un œil. C'est la tenue adoptée dans cette région dès qu'une jeune fille dépasse l'âge de la puberté. Mais, une fois à l'intérieur du presbytère, elle se dévoile le visage. Preuve d'une grande confiance. Elle parle le français. Elle est venue confier à Marino un projet éducatif dans un douar de montagne, Sidi Ali. Il s'agit d'apprendre aux jeunes filles à développer leur capacité d'ouverture. Le prêtre écoute puis, à son tour, lui adresse la parole.

« Comment t'appelles-tu ? », demande Marino.
– Yasmina.
– Que signifie ton nom ?
– Celle qui a la foi.
– Alors, comme ça, tu as la foi ?
– Oui.
– Moi aussi. »

Et il a, ce jour-là, l'intuition d'entamer avec elle un dialogue qui n'en restera pas là. Ayant appris où elle habite, il lui rend visite. Il découvre par la même occasion qu'elle est orpheline de père, aînée de nombreux enfants et que tout repose sur ses épaules pour aider la famille à survivre. La maman donne quelques heures de ménage aux écoles du village. Ce n'est pas suffisant. Marino s'applique à faire connaissance avec la famille, la maman, les enfants. Il s'engage à leur venir en aide. Il offre une gazinière, ce sera plus pratique pour faire la cuisine de cette grande famille. Il apporte également des couvertures, un minimum pour ne plus dormir dans le froid. Il ne le fait pas dans un esprit de condescendance. C'est, pour lui, une façon de dire : « Je vous aime », de le prouver par des actes et pas seulement en paroles. Le travail occupe Yasmina et une coopérante française, Marie-Thé, pendant trois ans. Jusqu'à ce que cette association à vue humaine se dissolve. Le temps passe. Yasmina devient interprète pour une organisation caritative internationale. Elle a vingt-deux ans. Elle ne souhaite pas rester trop longtemps sans formation, sans travail et sans vie de famille. Tout le temps passé à faire vivre les siens l'a empêchée de développer ses capacités personnelles ou professionnelles et donc de préparer l'avenir. Un jour, avec le consentement de la maman, Marino se décide à la sortir de l'isolement familial pour lui faire suivre des études de couture. Son apprentissage sur le tas lui permet de parler le français de plus en plus. A son évêque, Marino explique qu'il va aider Yasmina à entrer dans une école. Ensemble, ils vont tenter de lui procurer une chambre individuelle et de trouver une enseignante. Yasmina commence en retard mais, malgré cela, bientôt, elle dépasse tout le monde. Présentée aux examens, elle réussit haut la main son C.A.P..

Elle a vingt-trois ans. Elle entame des démarches pour entrer dans une école d'État. Vu ses résultats et la formation acquise, on n'hésite pas à lui confier très vite la direction d'une école de couture dans une grande métropole algérienne. Elle devient bientôt spécialiste de plusieurs disciplines de couture. Son école est une réussite. Vu le rang qu'elle occupe dans le pays, arrivée à l'âge où une jeune fille découvre sa vocation d'épouse et de mère de famille, un garçon qui a fait des hautes études à l'étranger lui demande de devenir sa femme. Elle répond : « Pourquoi pas ? » Chez les musulmans, on reste normalement fidèle à sa promesse. Elle suppose que celui-ci sera fidèle et persévérant. Hélas, très vite, elle n'a plus de nouvelles du prétendant et se sent abandonnée. Peu à peu grandit chez Yasmina la crainte de vieillir et de rester seule. C'est alors qu'elle vient en France, chez un parent de Marseille. On lui conseille de retourner voir son fiancé : alors, elle se rend à l'évidence. Il ne pense plus du tout à elle. Marino, qu'elle va voir à son retour et qui est un peu le père qu'elle n'a pas eu, lui dit alors : « C'est Dieu qui te donnera ton futur époux. Ce sera son envoyé. Ce ne sera le fait ni du hasard ni d'un caprice humain mais son cadeau à lui. Dans un an, et j'engage Dieu par ces paroles, tu me diras quel est le nom de ton fiancé. » Ces paroles lui redonnent confiance mais elle attend la réponse de Dieu. Impatiemment. Celle-ci viendra. Elle rencontre un musulman du Yémen, professeur d'Anglais. Yasmina et Nabir, c'est le nom de l'enseignant, se déclarent l'un à l'autre. On dirait, effectivement, qu'ils sont, depuis toujours, destinés l'un à l'autre. Faits pour se rencontrer, s'aimer l'un l'autre et former ensemble une famille.

Ainsi passe-t-elle de la famille naturelle et pauvre dans laquelle elle a grandi à une famille « normale » où elle va découvrir la place de Dieu. Fidèle à sa foi musulmane, elle apprend la foi des autres. Ouverte, en communion de sentiment avec son mari, elle a gagné Londres et l'Angleterre. Elle est devenue mère de trois enfants. Elle reste aujourd'hui en relation avec tous ceux que Dieu lui a fait rencontrer sur son chemin. Ceux-là mêmes qui composent, avec elle, une sorte de famille aux couleurs du monde.

LA BOSSE DE… L'AMOUR

Marino part aujourd'hui chez ses amis gardians des Marquises, sur la commune d'Arles. Annie, Henri et leur fils Patrick possèdent une manade, un troupeau de chevaux et de taureaux. Les Camarguais aiment venir ici, le dimanche, déguster, en plein air, une viande cuite sur le gril, tout en respirant l'air de la prairie et en admirant les bêtes. Pour montrer qu'il est, lui, aussi, du terroir, Marino porte un chapeau noir aux larges bords, celui des gardians justement. Chez Annie et Henri, le prêtre trouve sa détente. C'est aussi le lieu de longues conversations avec des touristes ou des éleveurs pour qui la question de la foi a été rangée au rayon des attirails périmés. Quand tout simplement elle n'a jamais été une question… Dans tout milieu, avec les êtres les plus différents, le curé de Camargue aime entamer le dialogue. Surtout avec ceux qui n'aiment pas trop l'odeur des sacristies… Plusieurs histoires illustrent assez bien cette ouverture. En voici quatre, choisies dans le sac du neuf et de l'ancien de Marino, en divers endroits où il a exercé depuis plus de quarante ans, son ministère.

La première se passe à Entressen. Marino, alors curé d'Entressen et Miramas-le-Vieux, développe, comme il dit, «l'unité – des liens plus forts en quelque sorte – avec les personnes qu'il rencontre, sans exclusive». Il ne choisit pas, il est disposé à aimer celui que Dieu mettra sur son chemin. Chaque jour devient occasion d'une aventure nouvelle.

C'est ainsi qu'il lie connaissance avec un alcoolique, un homme de cinquante-sept ans, qui boit depuis l'âge de dix-sept ans. Difforme mais doué d'une intelligence supérieure, l'homme ne peut trouver une épouse à cause de son infirmité: c'est sûrement ce qui le maintient dans son vice. L'hiver, il se replie sur les Bouches-du-Rhône, département le moins froid de ceux qu'il fréquente: la Drôme, l'Ardèche ou le Vaucluse. Le reste de l'année, il met sur pied tout un circuit. Jardinier de métier, il offre ses services de maison en maison. Pour une chopine de vin, il parcourt des kilomètres. Et il débarque un beau matin chez Marie Babec, paroissienne de Marino. Au rez-de-chaussée de la maison, il loge dans la pièce qui sert de remise. Il couche sur un lit de camp en toile et c'est là qu'on lui apporte à manger.

Marino qui a pris l'habitude de venir manger villa Adèle, la maison où Marie Babec habite avec sa tante Virginie, sent la révolte monter en lui quand on descend la pitance du bossu. Il le voit comme un chien dans sa niche. Quelqu'un qui viendrait ici cuver une bonne cuite pendant trois jours avant de repartir. Il le dit à ses hôtes : « Le traiteriez-vous ainsi si vous saviez qu'il faut voir Jésus en lui, Jésus à faire naître ou grandir certes, mais présent en lui comme en tout homme ? Pensez-vous qu'il soit bien chrétien de le laisser vivre seul ? Déjà bossu, en dehors de la société, pourquoi lui infliger une mise à l'écart supplémentaire ? Certes, il ne va pas à l'église mais il faut l'aimer quand même. Il a besoin de se retrouver en famille à certains moments comme tout un chacun. » C'est clair et même un peu vif. Il invite donc Marie Babec et sa tante à le regarder d'un autre œil. Et le jour arrive où on l'invite à « monter » à l'étage pour manger. Vêtu sans beaucoup de goût – l'environnement le conforte plutôt dans cet état – il s'installe à table. Les deux femmes lui remettent, comme à chacun, une jolie serviette. Les quinze premiers jours, il regarde ses hôtes manger, ne sachant pas toujours comment se comporter ou tenir un couvert. Et puis, il se détend. Tout fier après ses deux premières semaines « en famille », il s'adresse à Marino et lui lance : « Vous voyez, votre serviette est bien sale et la mienne est encore toute propre. » Performance : lui se frotte la bouche avec le revers de la main.

Marino veut désormais, avec la complicité des deux femmes, aller plus loin, Il aménage une chambre, à l'autre bout de la maison, avec une bibliothèque, un bureau, un lavabo et un lit, un vrai. Pour qu'il se sente homme, comme les autres et non plus paria. Il ne reste qu'à lui offrir un costume, une cravate et le voilà rhabillé de pied en cap. « J'avais faim et vous m'avez donné à manger, soif et vous m'avez donné à boire. J'étais nu et vous m'avez donné des vêtements. »

Marius perd un peu plus chaque jour le sentiment de son infirmité. Désormais, son visage lui-même s'ouvre davantage. Lui qui adore les livres, il peut ici en dévorer. Il travaille dans le jardin de Marie Babec. Mais dès qu'il touche un petit salaire, c'est plus fort que lui : il retourne immédiatement le boire. Ce défaut commence à le faire souffrir.

Un jour, passent « Villa Adèle » deux amies des propriétaires du lieu. A table, l'une des jeunes femmes, infirmière de formation, dit à Marius, le bossu, dans une conversation amicale et confidentielle : « Et dire que vous pourriez être mon père ! » « Je ne mériterai pas d'être votre père, répond celui-ci, car j'ai un gros défaut : je suis ivrogne. » La jeune femme, avec une conviction toute filiale et forte de son statut de personnel médical, lui rétorque : « Mais, monsieur, ça se guérit. La sainte Vierge a sorti de là beaucoup de personnes à Lourdes, pourquoi pas vous ! Par ailleurs, des hôpitaux ont mis au point des cures et l'on peut guérir, c'est sûr. » Le lendemain, Marius s'adresse à Marino : « Père, je veux guérir, je veux aller à Lourdes voir la Vierge et lui demander cette grâce. » « Vous irez à Lourdes en pèlerinage, à pied, acquiesce le prêtre, et vous demanderez à Marie de vous sortir de là. » C'est le début du printemps. Marino emmène Marius jusqu'à Beaucaire et abandonne son nouvel ami sur la route. Trois semaines plus tard, celui-ci revient et annonce, tout fier : « Je suis arrivé à Lourdes et tout de suite, je suis allé devant le grotte. Et là, je l'ai regardée, bien regardée. "Toi, tu sais pourquoi je suis venu", lui ai-je dit. J'ai compris qu'elle m'avait compris et je m'en suis revenu ». Marius, c'est vrai, ne sait pas prier mais cet épisode montre bien qu'il a compris l'essentiel. De retour, il souhaite entamer une cure de désintoxication. Deux mois suffisent pour le dégoûter définitivement de l'alcool. Il n'en reste pas là. Désormais, il veut entraîner ses copains de boisson vers la même libération. Dans le mouvement « Vie libre », il devient un militant et aide de nombreux alcooliques à rééditer son propre parcours.

Quand Marino l'emmène dans des rencontres, Marius s'y sent bien. Les plus jeunes sont comme ses enfants. Des enfants qui désormais peuvent être fiers. Lui l'est aussi. Quand Marino rejoint l'Algérie, le bossu garde la « villa Adèle » et s'occupe à merveille du jardin. Aux vacances, quand le prêtre rentre à Entressen, le potager est magnifique. Et puis, un jour, Marius s'est senti vieillir et a demandé à rejoindre la maison de retraite d'Istres. Il est mort peu de temps après. Personne n'assistait à son enterrement, Marino étant encore en Algérie. Avant de s'éteindre, il a souhaité qu'on salue le prêtre et son aide, sa seule famille.

L'Évangile au bistro

Quand Marius, le bossu, décide de ne plus boire, il est un lieu qu'il faut prévenir à tout prix. C'est le bar-hôtel-restaurant de la gare. Marino y entre un jour avec son ami et annonce au patron, René: «Aujourd'hui, vous venez de perdre un client. Ne lui servez plus que des boissons non alcoolisées, vous lui rendrez service.» Et comme pour mieux marquer ce moment solennel, l'heure, la minute et la seconde de la libération de l'alcool, il offre au restaurateur une horloge électrique, histoire de se faire pardonner en plus ce manque à gagner.

Aujourd'hui, René, lui aussi, a quitté cette terre. Sa femme, qui habite un lotissement, a abandonné le commerce. Elle conserve fièrement dans sa cuisine la fameuse horloge. Surtout, elle n'a pas oublié que Dieu lui-même, certains jours, est passé dans son établissement. Pour un certain Toursky, journaliste de radio et aussi pour elle-même. C'est la deuxième histoire qui se déroule, elle aussi, avec ceux qu'on dit loin de l'Église. Mimi, la femme de René, se souvient: «Le restaurant de la gare, qu'on appelait encore "Chez Mimi, cuisine à l'ancienne", a été un lieu de rencontre entre des êtres des milieux les plus divers.» Elle songe en particulier à ces années où passait le célèbre Axel Toursky, homme de radio, artiste et poète qui fut dans les années 70 une vraie star de Marseille : « Cet homme du monde du spectacle aime notre établissement, reprend Mimi. Parce qu'on y mange bien, certes, mais aussi à cause d'une certaine convivialité. Loin de la cité phocéenne et des paillettes, il vient en ami, embrasse tout le monde. » Une autre fête commence, plus chaleureuse peut-être que celle des boîtes marseillaises et surtout pleine de petits gestes d'amitié. Marino qui habite presque en face du restaurant, rencontre, à son tour, le fameux Toursky. Celui-ci ne cache pas qu'il ne fréquente guère l'Église. Le prêtre ne cache pas qu'il ne côtoie pas que des curés. Le courant passe entre les deux hommes. Journaliste avant tout, Toursky est l'un des premiers à annoncer les rencontres du mouvement des Focolari – dont nous avons parlé et auquel adhère Marino – en un temps où ses confrères restent prudents et circonspects face à ce petit groupe dont ils ne saisissent pas toujours les motivations. Lui comprend tout de suite dans le rapport direct qu'il entame avec le prêtre. L'homme de spectacle meurt subitement dans un accident de voiture. Au petit matin, comme il l'a curieusement prédit. Quand on relit ses poèmes, il est impossible de ne pas percevoir ce que Toursky a perçu du monde et de son Créateur. Écoutez plutôt ceci, recueilli dans *Provence Magazine*. Il y évoque le caractère du Provençal : « Quand on pense au courage qu'il a fallu à ces hommes et à ces femmes, pour rester sur cette terre quelquefois! Ce qui en donne une idée, ce sont toutes ces restanques qu'ils ont dû maintenir durant des siècles, pour vivre, toutes ces pierres qu'il a fallu monter, sur le dos, pour conforter une terre que les orages méditerranéens menaçaient sans cesse d'emporter avec eux... Ces milliers, ces dizaines de milliers de murettes accrochées au flanc de nos collines, ça devrait déjà valoir à la Provence une admiration respectueuse de la part de tous ceux qui ne se contentent pas de venir chez nous pour se déguiser en cow-boys ou en détecteurs de Marius et Olive... » Tel était Toursky, humain et philosophe, derrière ses allures de flambeur. Mais, au café de la gare, la plus belle histoire, histoire dans l'histoire, ce sont les patrons eux-mêmes qui vont la vivre. Cela commence plutôt mal pourtant. La première femme de René a quitté le domicile conjugal depuis longtemps. Elle ne donnera plus aucune nouvelle. On apprendra plus tard qu'elle est vraisemblablement décédée. René s'est marié civilement avec Mimi. Tous deux souhaiteraient, depuis qu'ils connaissent Marino, être unis devant Dieu aussi. Marino leur explique la loi de l'Église: c'est clair, dans l'amour du couple, on ne s'engage qu'une fois pour toutes, on ne peut revenir là-dessus. Mimi raconte aujourd'hui encore qu'elle se sent alors pendant toute une période, comme on dit, «dans le péché». C'est surtout le regard plutôt accusateur que l'on jette sur elle qui la conforte dans ce sentiment. Et Marino, de son côté, prétend que, dès sa première rencontre avec Marie-Lucie, surnommée Mimi, il a vu en elle une personne très droite. Il rejoint en cela le sentiment commun des gens d'Entressen qui ne s'arrêtent pas aux apparences : «Mimi, y a pas mieux comme fille. Elle, elle a jamais dévarié (entendez, elle est toujours restée égale à elle-même).» Mimi voue aujourd'hui une grande reconnaissance au prêtre d'origine italienne, comme elle, lui qui, dans ces passages difficiles, ne «l'a jamais repoussée». Marino, quand il entend cela, ne rougit pas. Il est bien un peu fier : «C'est vrai, reconnaît-il, dès notre première rencontre, j'ai vu en elle la vocation de Marie : servir Dieu dans les personnes, ce qu'elle faisait si bien au restaurant !»

Le désir de vivre un amour plus épanoui grandit très fort dans le cœur de Mimi et de René. Quand, tout à coup, ce dernier contracte une très grave maladie. Il doit subir une intervention chirurgicale. Le diagnostic est sévère : René n'a que deux chances sur cent de s'en sortir. L'esprit de Marino est de plus en plus travaillé. Seul avec sa conscience mais surtout avec l'amour qu'il porte à ses deux amis, il décide de mettre leurs deux consciences en paix devant Dieu et sa miséricorde. Il donne à Mimi et René le sacrement de pénitence et le sacrement des malades pour le futur opéré. «Ce jour-là, se souvient Mimi, on aurait dit que, tout à coup, j'étais purifiée. C'était la paix dans mon cœur. Et dans mon corps, je sentais quelque chose de merveilleux. Je ne m'étais pas mariée en blanc, mais la blancheur, là, je l'ai eue, au fond de moi, c'est sûr.» René entre à l'hôpital, conscient du sévère diagnostic médical, mais apaisé. Contrairement aux prévisions des chirurgiens, il s'en sort. Il vivra encore sept ans.

La folle et le «fou»

Une troisième histoire emmène notre héros auprès de ceux qu'on appelle les fous. Preuve supplémentaire que pour lui, être prêtre ne nécessite pas de sentir la naphtaline ou de rester confit en dévotions…

En 1957, Marino découvre le mouvement des Focolari dans les Dolomites, en Italie, très précisément à Fiera di Primero, près de Trente. Il entame son ministère avec l'enthousiasme des néophytes: parler avant de vivre ne sert à rien. Encore moins à cette époque où ses propres confrères le traitent de fou mystique, emploient le terme de «secte» en évoquant le mouvement qui donne de la force à sa spiritualité. Qu'importe, dans son travail, le jeune prêtre laisse agir sa générosité spontanée.

Il remplit alors la tâche d'aumônier d'action catholique, dans le mouvement familial rural, le M.F.R.. Calomnies, surveillance, lettres anonymes envoyées aux prêtres, aux évêques de France et jusqu'à Rome… On parlait des «fou-colari». Tout cela n'est guère édifiant. Marino habite Salon-de-Provence avec un confrère religieux. Voilà qu'un jour, alors qu'ils s'apprêtent à déjeuner, frappe à la porte un homme affolé: «Venez vite, venez vite, ma femme est folle, ma femme est folle.» Marino ne lève pas les yeux de son assiette, décidé à ne pas intervenir dans une histoire de fous, quand par ailleurs il subit les accusations… de folie justement. Il laisse réagir son confrère. Celui-ci répond au visiteur: «Que voulez-vous?» et l'homme de reprendre: «Pas vous, pas vous, c'est l'autre que ma femme réclame, le jeune prêtre». Marino lève la tête, regarde l'interlocuteur paniqué et se dit en lui-même: «Encore une histoire de fous qui va me retomber dessus, mais je n'ai pas le choix.» Quelqu'un qui appelle au secours, dans son esprit, a droit à une aide. Marino suit donc le mari jusqu'à la chambre de la malade : « Ils sont là, ils sont là », crie celle-ci, en montrant les coins de la pièce. Fantômes, démons, ou fruits de son imagination, qu'importe, le prêtre demande à Dieu de chasser tout ce qui encombre l'esprit de la femme. Pour celle-ci, il trouve des paroles de réconfort : « Courage, tu vas voir. C'est Jésus qui guérit, moi, je suis venu t'apporter Jésus. » Elle sourit un instant et retombe dans son délire. La lutte dure une heure. La femme s'adresse à nouveau à Marino : « J'ai besoin du pardon de Dieu ! » « Je suis venu te l'apporter », répond immédiatement celui-ci. Elle a reçu le pardon. Sa figure s'est mise à changer. Son visage rayonne à nouveau : la grâce est passée. Marino lui recommande de suivre à la lettre les conseils du médecin et il la quitte. Il parle le lendemain au mari et aux enfants : « Pour que votre mère guérisse, elle a besoin de vous. Et même si elle perd la tête à nouveau, ajoute-t-il en présence de la femme, ce n'est pas grave, continuez de l'aimer et donnez-vous l'un à l'autre le courage de le faire. » Marino parle de cet épisode à un groupe d'enfants dont il a la responsabilité. Il leur demande de « penser fortement à cette dame avec lui ». Les jeunes lui apprendront, les premiers, la guérison de la femme, croisée dans la rue peu de temps après. Ils étaient tellement unis entre eux qu'ils s'étaient donné un rendez-vous quotidien pour prier ensemble.

Un musulman à l'église

A l'époque, l'attitude du clergé est si négative qu'il ne peut même pas rejoindre l'Œuvre de jeunesse, le patronage du lieu, sans craindre de se faire accuser de marcher sur les plates-bandes d'un confrère. Et pourtant – ce sera notre quatrième histoire avec ceux qu'on appelle « les lointains » – dépassant ces querelles de pré carré réservé, il ira bien au-delà. A la rencontre de croyants qui ne partagent pas sa foi… Bien décidé à ne pas se laisser enfermer dans cette quarantaine feutrée que lui imposent certains de ses confrères de Salon-de-Provence, Marino lance un défi à Dieu lui-même. Un peu comme l'ont fait dans la Bible certains prophètes. « Seigneur, je ne sais si tu le veux, mais pour dimanche, je te demande de me faire rencontrer douze jeunes qui pourront servir à la messe. Alors, dirige mes pas, favorise toi-même ces rencontres. » Et il part dans la rue, à l'aventure. Il croise un premier garçon et l'interpelle : « Tu as fait ta communion ? » « Oui, répond le jeune garçon », étonné de cette question. Il s'appelle Michel, il a treize ans. Et il lui confie son plan : « J'ai besoin de ton aide. On me demande de m'occuper d'enfants de chœur, mais je n'en ai pas. Tu vas m'aider à en trouver. On part chacun de notre côté. » Ce qu'ils font sur le champ, l'un et l'autre. Le samedi, les douze garçons ont été trouvés, pas un de plus pas un de moins. Les copains se sont donné le mot et l'affaire est dans le sac. Marino, tout fier, peut répondre à la demande de son curé. Il sait, lui, que cette équipe comme il dit, « est sortie directement de l'imagination de la Providence… »

Chaque semaine, les nouveaux équipiers se retrouvent pour une séance de formation : on y distribue les rôles de chacun pour la messe du dimanche. Surtout grandit en eux une intimité avec Dieu qui leur donne tout un rayonnement. Un jour, un jeune garçon vient voir le prêtre et lui dit : « Moi aussi, je veux faire partie de votre groupe. » Il est musulman. Marino lui répond : « Pourquoi pas, nous sommes tous enfants du même Dieu. Tu peux venir prier ton Dieu ici si cela te tente puisqu'il n'y a pas de mosquée dans la ville. » Il est donc venu, il s'appelle Lahcène. Il ne partage pas tous les gestes de ses camarades mais il peut prier, aimer le prochain, se mettre au service des autres. Ce qu'il fait immédiatement. Pendant une année, Lahcène est un exemple de générosité et de fraternité. Peu avant l'été, s'annonce le jour de la profession de foi. Le petit Lahcène prend sa part dans la cérémonie : il doit récupérer les cierges des enfants quand ils entrent dans le chœur et les planter dans une sorte de couronne. Bien avant la fête, il est là, seul, dans les stalles. Il prie son Dieu. Sa présence agace quelques ecclésiastiques. Un prêtre s'approche de Marino et lui dit : « Alors, on aura tout vu, même un musulman dans une église ». Lahcène a tout saisi, tout compris. Il sent le complot contre lui. En larmes, il descend soudain l'allée centrale et se réfugie, dehors, dans le square. Marino ressent comme un coup de poignard dans le cœur. Les jeunes garçons le regardent et prennent, eux aussi, une triste mine. A l'extérieur, Lahcène, effondré, repousse Marino qui l'a rejoint : « C'est fini, fini », crie-t-il en balayant des pieds les cailloux sous le banc. « Non, ce n'est pas fini, rassure le prêtre, ça commence. » Marino se souvient que le Christ sauve le monde au moment même où il crie « Pourquoi, pourquoi ? » Alors, il ne baisse pas pavillon. « On t'a toujours aimé, nous », dit-il au garçon. « Vous, oui, mais les autres ? », soupire celui-ci. « Si tu es un frère, tu ne dois pas nous lâcher, insiste Marino. Ce qu'ils ont fait un jour à Jésus sur la croix, aujourd'hui, c'est à toi qu'ils le font. Et tu sais qu'il leur a répondu en demandant à son père de leur pardonner ! Toi, musulman, je te demande d'aimer aussi jusque là. Tu vas reprendre ta place pour montrer que Dieu est plus fort que la haine des hommes. Tes copains seront heureux et tu seras un exemple. » Au milieu du visage en larmes, perce un sourire. Il se relève, rentre dans l'église, remonte toute l'allée et reprend sa place. Ce jour-là, dans son cœur, Marino a la conviction très forte que les religions cesseront, un jour, leurs rivalités. Si, ici même, des hommes recommencent à se parler et à pardonner comme le fait Lahcène, tous les espoirs sont permis.

Un bossu qui retrouve des raisons de vivre, une restauratrice qui se libère des regards accusateurs, une folle ramenée à la raison et un musulman qui prie avec des chrétiens : le territoire «intérieur» de Marino est parfois aussi vaste que la Camargue...

LA POIGNÉE DE MAIN
DU CHASSEUR ET DE L'ÉCOLO

« La Camargue, c'est spécial, vous savez. Et alors, avec ce monsieur un peu particulier, on va bien ensemble. » C'est un manadier, un éleveur, qui parle ainsi du père Giacometti. La première fois que ce dernier est venu en Camargue – il est alors jeune prêtre – une femme à qui il se présente et qui le voit arriver en soutane, sur sa bicyclette, lui demande : « Un curé ? Ici, nous n'avons pas besoin d'un curé. Nous, nous ne sommes pas comme les autres. » Quand il revient après vingt années passées en Algérie, Marino va repartir de zéro. « Mais avec le même enthousiasme, dit-il, et surtout une expérience qui va m'aider. Je retrouve, décuplé, l'amour de la nature, du quotidien, de la rencontre avec les gens, les plus divers et les plus éloignés de

Dieu… » Dans une émission de télévision, diffusée en 1991, ses confrères ne disent rien d'autre du personnage Marino. Le père Augustin, prieur des moines de Bouchaud : « C'est un missionnaire, il manifeste sa joie de vivre et, à d'autres moments, sa souffrance de voir le monde rétrograder ». Le père Jean Morel, curé des Saintes-Maries-de-la-Mer : « Marino, c'est un Camarguais. Tout le monde ici le connaît ».

Il n'est plus, comme la première fois, le prêtre-coureur cycliste qui arpente la Camargue en avalant quatre-vingts kilomètres par jour. Avec la voiture, à présent, il parcourt cinquante-cinq mille kilomètres par an pour rencontrer une population d'environ trois mille âmes. Quarante ans plus tôt, il avait parcouru la moitié et plus de cette contrée, desservant trois petites paroisses, côté Grand Rhône, Gageron, Villeneuve, Le Sambuc, tandis que son confrère était responsable, lui, de l'autre moitié, côté Petit Rhône.

Au premier coup d'œil, en rentrant d'Algérie, ce sont d'abord les difficultés qu'il entrevoit. Sur tous les plans. Économique, d'abord. Il faut restaurer et entretenir églises et maisons. Difficultés aussi dues à la dispersion géographique : il faut les franchir les distances entre toutes ces petites paroisses ! Difficulté spirituelle, enfin : la désertification des communautés et la baisse de la pratique religieuse, surtout pour la messe du dimanche, s'est accentuée. Il ne reste que les grandes occasions où c'est encore l'affluence. Mais alors, il est difficile de faire la part du folklore et de la foi réelle en Christ et en son Évangile. Ajoutez à cela les limites humaines du prêtre : il n'a pas le don d'ubiquité et il ne rajeunit pas.

Il se souvient du diagnostic que portait déjà, avant son départ en Algérie, Jacques Guyomarc'h, vicaire épiscopal aujourd'hui décédé : « La Camargue, c'est décourageant ! » Et pourtant, lui-même, que de visites à domicile n'a-t-il pas faites, que de services rendus, à gauche et à droite, que de familles maintenues dans la foi au Royaume de Dieu. Il a été réellement l'instrument d'une continuité de l'œuvre de Dieu en Camargue.

Marino, lui, quand il revient en 1986, se demande par où commencer. Les petites sœurs de Jésus sont parties du Sambuc. Les petits frères aussi. Les religieuses du Prado qui étaient à Albaron s'en sont allées à leur tour. Il reste heureusement Raoul, un petit frère, témoin de l'Évangile au travail et Étienne, un prêtre qui vit parmi les ouvriers agricoles, à Villeneuve, près de l'étang de Vaccarès. Enfin, à Bouchaud, au prieuré Notre-Dame-des-

Champs, les bénédictins handicapés sont toujours là, autour du père Augustin. Ils renouent avec la grande tradition d'une Camargue où alternaient travail et prière. Cette communauté est un réconfort pour Marino. Elle lui apporte joie et espérance dans son travail de curé de Camargue. «Quelle richesse, reconnaît-il, qu'une communauté où l'on retrouve des frères!»

Ces conditions plutôt difficiles, Marino les dénonce pour qu'on les regarde en face. Cela se passe lors d'une réunion mémorable aux Saintes-Maries-de-la-Mer, devant les responsables économiques et le curé du lieu. Il affirme de façon solennelle: «Vu la situation, je prévois un déficit chronique jusqu'en l'an 2000.» Ici, on dépense beaucoup mais on gagne peu. Ce constat sévère est confirmé par l'évêque et reste dans les annales de la Camargue. Depuis, quelques années ont passé. Enfin s'est créé un conseil pastoral et économique pour la Camargue. Des laïcs sont chargés de dire à leurs frères chrétiens les soucis, y compris financiers, de la communauté.

Marino regarde la réalité en face mais ne désespère pas. Certes, il vit lui-même avec moins que le SMIC mais il laisse un espace… à la Providence qui lui répond toujours. «Regardée avec l'œil de

Dieu, se rassure-t-il, la Camargue est belle, riche et féconde. Elle a été foulée par des saints et des saintes, évangélisée très tôt : ne dit-on pas que les témoins oculaires du Christ y auraient débarqué. Les Maximin, Marthe, Lazare ou Marie-Madeleine. Cette terre est marquée par l'amour de Dieu et des hommes, elle ne reste pas indifférente à la loi de l'Évangile. Dans l'harmonie de sa belle nature, elle crie l'Évangile, comme dans une cathédrale de verdure. »

Peut-être a-t-elle besoin, parfois, d'une expression extérieure forte. Ou de grands rassemblements pour défier l'éclatement de sa géographie. C'est ce qu'a pensé, en tout cas, Marino et quelques-uns de ses proches en organisant une grande fête autour de la nature… Cela se passe en 1992. Marino qui connaît à la fois des chasseurs – il est chasseur lui-même – et des écologistes, ne supporte plus de voir se chamailler des gens qui s'enferment dans leur idée. « La chasse, bien comprise, n'est pas un péché public, explique Marino, mais un lieu de rencontre pour se recréer et recréer des liens avec les autres. A condition qu'elle ne tourne pas au massacre et qu'elle ne soit pas le fait d'esprits sadiques. L'écologie, bien assimilée, n'est pas une admiration passive, béate ou païenne de la nature. Pas davantage une idéologie abstraite et desséchée. C'est une relation à l'environnement qui a ses lois précises. Dieu commande l'homme dans sa relation à la nature, qu'il en soit conscient ou non. » Avec ces paroles aussi nettes pour un camp que pour l'autre, Marino et ses amis poursuivent leur projet : « Lors d'une grande fête de la nature, tous seraient libres de s'exprimer, pensent-ils, surtout ceux qui n'ont pas la même conception de la défense de la nature. » Pendant une année, les groupes les plus divers préparent la manifestation. Le résultat, c'est, effectivement, une rencontre en plein air près d'un étang. Toute une journée, on se presse autour des stands, des expositions, des animaux. On écoute de la musique, on s'instruit en lisant les panneaux éducatifs préparés par les écologistes. « Hommes et nature » est un succès : près de quinze mille personnes vont passer ensemble une journée de découverte et de dialogue. Dans l'homélie de la messe en plein air, Marino lance un mot d'ordre : « Il faut développer la vie ». Il n'est pas de lui, il le tient de la Bible qui rappelle, dès le livre de la Genèse : « Remplissez la terre et soumettez-la ». On verra des chasseurs et des écolos se parler, se serrer la main. Faire un pas, qui sait, vers la façon de penser de l'autre. Marino, à la fin de la journée, se dit qu'il a raison de ne pas désespérer…

Chaque jour, des paroles du Christ surgissent

dans son cœur, le guident, l'éclairent et lui donnent force. Jailli de sa mémoire, celles-ci qui conviennent particulièrement à la vie du curé de Camargue : « Courage, j'ai vaincu le monde ! », « N'éteignez pas la mèche qui fume encore », « Cherchez le Royaume de Dieu et le reste vous sera donné par surcroît », « Le ciel et la terre passeront, mes paroles ne passeront pas », « Regardez les oiseaux du ciel, ils ne sèment ni ne moissonnent ». Et surtout celle-ci qui est devenue la base de sa vie et de sa pastorale, en tout lieu et en toute circonstance : « Là où deux ou trois sont réunis en mon nom, je suis au milieu d'eux. »

Voilà la grande patience d'un curé de Camargue. Chercher, trouver les gens, chez eux, dans la rue, au café, chez le boulanger ou à la chasse. Les santons vivants… Pour que l'entreprise tienne bon, sans jamais aller à la faillite, il s'agit, selon lui, de garder le secret de Dieu dans son cœur pour le partager avec ses amis et paroissiens. A la réussite, à l'action, aux consolations humaines, il dit préférer la source de la vie et de l'amour. Une fois par mois, un rassemblement autour de « la Parole de vie » – une lecture vivante de l'Évangile – renforce les liens. Les difficultés deviennent tremplin. La vie reprend et se développe. Les cœurs s'ouvrent au message évangélique et les âmes à la grâce. Les structures du royaume prennent peu à peu leur place et leur forme. A l'occasion de son soixante-dixième anniversaire, une lettre écrite par les chrétiens de Camargue lui a donné la preuve qu'il est sur le bon chemin. On y lit cette phrase, à son sujet : « Lui qui vit parmi nous, il nous montre, par sa disponibilité et sa spontanéité, la simplicité du chemin à suivre pour que notre espérance soit, dès maintenant, réalité. »

TABLE DES MATIÈRES

Avant-propos 5
Le lièvre et la 2ᵉ D.B. 11
L'enfance d'un petit émigré italien 21
Jésus s'est fait homme et non pas curé 31
Ami d'un futur pape 37
   Motard… en colère 42
   Frère de… petite sœur Magdeleine 45
Son nom est… Mamina 49
   Normalement constitué 55
Le colonel français et le petit Algérien 59
   Le Cameroun… dans les Bouches-du-Rhône . 65
   La pastorale du sanglier 69

Un prêtre à la mosquée 73

UN BALLON CONTRE DES PIERRES 77
    Premier bain de mer des jeunes musulmanes .. 85
    La galère des trois Belges 87
    Yasmina, « celle qui a la foi » 90

LA BOSSE DE… L'AMOUR 95
    L'Évangile au bistro 101
    La folle et le « fou » 105
    Un musulman à l'église 108

LA POIGNÉE DE MAIN DU CHASSEUR
ET DE L'ÉCOLO 113

TABLE DES MATIÈRES 121

DANS LA MÊME COLLECTION 123

DANS LA MÊME COLLECTION

Dès leur naissance, les éditions Nouvelle Cité se sont caractérisées par la place accordée aux témoignages. C'est pourquoi elles peuvent vous présenter dans leur collection « récit » plus de 40 témoignages qui montrent, chacun à sa manière, comment la vie l'emporte toujours sur la mort.

En voici la liste complète, par ordre alphabétique de titres :

ARTISAN DE PAIX, Antoine BUISSON
AUBE D'UNE LIBERTÉ D'HOMME (L'), René POTERIE
CANARD DANS LA COUVÉE (LE), Michelle VANDENHEEDE
CITÉ DES CLOCHES (LA), Frère SYLVAIN

COMPAGNON DE L'ABBÉ PIERRE,
   Henri Le Boursicaud
CRÉPUSCULE DU MATIN, Michel Pochet
DÉCISION (LA), Philippe Warnier
DES TRAVAILLEUSES FAMILIALES
   RACONTENT, Roland Weissenstein
DEVENIR PRIÈRE, Marcel Driot
DIEU EXISTE DIEU MERCI, Michel Pochet
DU CÔTÉ DE L'ÉCOLE, Jean-Michel Di Falco
ÉLEVER NOS ENFANTS, René Mouysset
ENFANT À CŒUR OUVERT (L'),
   Bernadette Siré
ENFANTS DE LA PAIX (LES), Guido Staes
GLOIRE DE PETER PAN (LA), Habib Wardan
HISTOIRES D'AMOUR, Pierre Bertrand
IL A FAIT DE NOUS UN PEUPLE,
   Michel Dubost et Jean-Michel Merlin
IL Y A TOUJOURS UN BATEAU BLANC,
   Jeannine Dessager
INITIATIVE DE L'AMOUR (L'), Gilbert Gannes
LAVEUR DE VITRES ET ARCHEVÊQUE,
   Alain Boudre
LIBERTÉ ENCHAÎNÉE (LA), Hélène Danubia
MA DERNIÈRE CAVALE AVEC JÉSUS CHRIST,
   André Levet
MARINO, CURÉ DE CAMARGUE,
   René Lechon
MEB, LE PEINTRE JOYEUX,
   Marie-Louise Eberschweiler

MÊME LE COUCHANT PEUT ÊTRE BEAU,
    Gilberte Niquet
MES AMIS LES PAUVRES, Charles Lepetit
NOUS CONVERTIS D'UNION SOVIÉTIQUE,
    Tatiana Goritcheva
PAR LE MONDE AU SERVICE DES PETITS,
    Raymond et Pierre Jaccard
QUI EST MON PÈRE?, Maria Martin
REQUIEM POUR NAGASAKI, Paul Glynn
SERMENT DE L'UNITÉ PAYSANNE (LE),
    Eugène Forget
SON OMBRE NOUS ÉCLAIRE,
    Anne-Marie Debarbieux
SUR LE CHEMIN DE COMPOSTELLE,
    Guy Dutey
SUR LE ROC, Lucienne Vannier
TÉMOINS DE L'INVISIBLE, Jacques Lebreton
UN BRIN DE CAUSETTE, Marion Cahour
UN CARME HÉROÏQUE : LE PÈRE JACQUES,
    Jacques Chegaray
UN JOUR POUR AIMER, Guido Staes
UN MESSAGE D'ESPOIR, Tatiana Goritcheva
UN PRÊTRE EN PAROISSE, Jean Laborrier
VINGT-HUIT MOIS AU PAYS DU CHÔMAGE,
    Annie Ratouis
VISITEUR DE PRISON, René Mouysset
Y CROIRE QUAND MÊME, Gilberte Niquet

CET OUVRAGE
A ÉTÉ ACHEVÉ D'IMPRIMER
PAR L'IMPRIMERIE FLOCH
À MAYENNE EN MAI 1995
POUR LE COMPTE DES
ÉDITIONS NOUVELLE CITÉ
37, AVENUE DE LA MARNE
92120 MONTROUGE

ISBN 2-85313-275-7
N° d'impr. 37725.
D. L. mai 1995.
(Imprimé en France)